_____Bia

BAJO LA LUZ DEL NORTE

Louise Fuller

HARLEQUIN™

Editado por Harlequin Ibérica.
Una división de HarperCollins Ibérica, S.A.
Núñez de Balboa, 56
28001 Madrid

© 2019 Louise Fuller
© 2020 Harlequin Ibérica, una división de HarperCollins Ibérica, S.A.
Bajo la luz del norte, n.º 2758 - 5.2.20
Título original: Proof of Their One-Night Passion
Publicada originalmente por Harlequin Enterprises, Ltd.

I.S.B.N.: 978-84-1328-778-2
Depósito legal: M-38641-2019
Impreso en España por: BLACK PRINT
Fecha impresion para Argentina: 3.8.20
Distribuidor exclusivo para España: LOGISTA
Distribuidor para México: Distibuidora Intermex, S.A. de C.V.
Distribuidores para Argentina: Interior, DGP, S.A. Alvarado 2118.
Cap. Fed./Buenos Aires y Gran Buenos Aires, VACCARO HNOS.

MIXTO
Papel procedente de
fuentes responsables
FSC® C108412

Capítulo 1

FROTÁNDOSE los ojos, Lottie descorrió la cortina y miró a través de la ventana de su dormitorio. El jardín estaba oscuro, pero se oía el ritmo constante de la lluvia y, en el cristal, se veían gruesas gotas de agua.

Bostezó y miró el reloj que tenía junto a la cama. Eran solo las cinco y media de la madrugada, una hora desagradable en casi cualquier día del año, pero sobre todo en una noche húmeda y fría de noviembre en la zona rural de Suffolk. Por una vez, las costumbres mañaneras de su hija de once meses resultaron ser una ventaja. Iban a ir a Londres, y necesitaba levantarse ya.

Miró a la cuna en la que Sóley dormía, sus rizos rubios aplastados, la boquita cerrada junto al oso de peluche. Lottie se acercó a ella y la pequeña levantó sus bracitos gordezuelos y comenzó a moverlos.

–Hola –la saludó, y la tomó en brazos, apretándola contra su pecho.

El corazón se le inflamó. Era tan preciosa, tan perfecta… había nacido en diciembre, en el día más corto del año, y había sido tan bienvenida como el sol dorado impropio de aquella estación que había aparecido para celebrar su nacimiento y que había acabado sugiriendo su nombre.

–Vamos a prepararte el bibe –le susurró.

Bajó las escaleras, encendió la luz de la cocina y frunció el ceño. En el fregadero había una sartén y los restos resecos de un sándwich de beicon adornaban la mesa, llena de migas. A su lado había una caja de herramientas abiertas y una máquina de tatuar.

Le gustaba vivir con su hermano Lucas, y era maravilloso con Sóley, pero medía casi metro ochenta y cinco, y a veces tenía la sensación de que su pequeña casita no era lo bastante grande para él, sobre todo porque su idea de la domesticidad se reducía a quitarse las botas para dormir.

Se cambió a Sóley de lado.

–Fíjate la que ha liado el tío Lucas –le dijo a la niña, mirando sus preciosos ojos azules.

Pero no había tiempo de ocuparse de eso si quería que estuvieran en Londres a las once en punto. Mientras llenaba la tetera, el corazón le dio un vuelco. La galería Islington era pequeña, pero iba a albergar su primera exposición en solitario.

Era increíble que algunas de sus piezas se hubieran vendido ya, y más increíble aún que la Barker Foundation quisiera hacerle un encargo. Conseguir fondos era dar un gran paso que no solo la ayudaría a seguir trabajando sin tener que dar clases nocturnas, sino que con ellos podría también ampliar el taller. De hecho, su familia no lo sabía, pero había podido disponer de una cantidad con la que dar una entrada para aquella casa gracias al dinero que su padre biológico le había dado, un hombre cuya existencia desconocía hasta hacía dos años.

Probó la temperatura de la leche, le entregó a la niña el biberón y volvieron a subir. Mientras abría los cajones, recordó cómo había sido el momento en que por fin había conocido a Alistair Bannon en la gasolinera de una autopista.

Se había pasado horas de niña mirándose en el espejo, intentando adivinar qué rasgos de su cara se parecían a él, pero desde el momento mismo en que despegó los labios, supo que no pretendía reconectar con su hija, ya adulta. No es que no la aceptase, sino que simplemente no había sentido necesidad de conocerla, y su encuentro había resultado extraño, forzado y breve.

Se oyó dese arriba el golpe de unas botas en el suelo. Lucas se había levantado.

¿Qué diría su hermano si le mostrase la carta que había enviado después su padre? Era educada, escogidas con esmero las palabras para no ofrecer un rechazo demasiado obvio, pero al mismo tiempo sin esperanza, diciendo, en resumen, que era una joven maravillosa y que le deseaba toda la suerte del mundo. En el sobre iba un cheque por la cantidad que esperaba que cubriese la contribución económica que debería haber tenido durante los años que se había perdido.

Ver aquello le había revuelto las tripas, y a punto había estado de hacerlo pedazos. Pero entonces se había quedado embarazada.

Se miró el cuerpo desnudo, las líneas plateadas que eran apenas visibles en su vientre. Ser madre quedaba para ella en un futuro muy lejano, de modo que ni siquiera se le había pasado por la cabeza la posibilidad de estar embarazada, y había ido al médico a consultarle aquel pertinente malestar estomacal, un malestar que, tres días después, había pasado a ser oficialmente un bebé.

Un bebé que, como ella, iba a crecer sin conocer a su padre. La verdad es que ni siquiera estaba del todo segura de cómo había ocurrido. Habían usado protección, pero la primera vez había sido tan frenética, tan urgente, que de alguna manera debía haber fallado.

Con un estremecimiento se vistió, intentando no pensar en el acelerado latido de su corazón.

Recordaba perfectamente la noche en que su hija había sido concebida. De hecho, era poco probable que la olvidase. El calor y el frenesí se habían apagado, pero el recuerdo permanecía en sus huesos y en su piel, hasta el punto de que, a veces, creía ver una cabeza rubia y unos hombros anchos, y tenía que pararse y cerrar los ojos para bloquear la urgencia del deseo.

Ragnar Steinn.

Nunca lo olvidaría.

Era imposible.

Sería como olvidarse del sol.

Pero, a pesar de tener el cuerpo musculoso y el perfil limpio de un dios nórdico, había demostrado ser tristemente humano en su comportamiento. No solo le había mentido sobre su paradero y sobre que quería pasar el día con ella, sino que se había escabullido de su lado antes de que amaneciera.

Sin embargo, juntos habían creado a Sóley, y no había cantidad de mentiras, de dificultades o de soledad que pudieran empujarla a lamentar el nacimiento de su preciosa hija.

—Parece que viene nieve —comentó Lucas al verla entrar en el diminuto salón llevando a la niña a la cadera y dando un mordisco a una tostada.

Tenía puesto el viejo televisor y estaba devorando lo que quedaba del sándwich de beicon.

–Siento este lío –se disculpó con una sonrisa–. Ahora recojo, te lo prometo. Y voy a cortar leña. La tendré preparada antes de que las temperaturas empiecen a bajar. ¿Quieres que me ocupe un rato de *Little Miss Sunshine*?

–No, pero nos vendría bien que nos llevaras a la estación.

–Vale, pero solo si me dejas achucharla un poco.

Levantó los brazos y Sóley se inclinó hacia él. Ver cómo la niña se tiraba a los brazos de su hermano hizo que el enfado que tenía con él desapareciera, viendo cómo la niña se agarraba a su pelo y le arrancaba una mueca de dolor.

–Podías poner agua para el té, ya que estás levantada…

Miró el reloj. Aún le quedaba tiempo.

–Vale –suspiró.

–¿Sabes? Creo que Sóley está bastante más espabilada que la mayoría de críos de su edad –oyó decir a Lucas mientras encendía el fuego.

–¿Tú crees?

Para ser un tío tan despreocupado en general, su hermano se había vuelto muy competitivo en cuanto a su sobrina.

–Sí… mira. Está viendo las noticias como si las entendiera.

–Estupendo. Así seremos dos contra uno cuando haya partido de fútbol.

–No, en serio. Parece hipnotizada con ese tío. Mira, ven.

–Ya voy.

Salió de nuevo al salón. Era cierto. Sóley parecía fascinada.

La entrevistadora parecía mirar a su entrevistado con la misma fascinación que su hija, de modo que durante un instante Lottie solo registró un hombre de pelo rubio y ojos del azul frío y limpio de un glaciar. Entonces sus facciones se enfocaron y abrió la boca de par en par.

Era él.

Era Ragnar.

Había querido contactar con él al enterarse de que estaba embarazada, y después volvió a intentarlo al dar a luz, pero los dos habían cerrado sus perfiles en la app de citas que habían utilizado para conocerse, y no había encontrado ni rastro de Ragnar Steinn por ningún lado.

—¿Quién es? —le preguntó a su hermano, mientras una corriente helada le subía por la espalda—. O sea, ¿por qué está en la tele?

Menos mal que Lucas estaba demasiado distraído para notar que tenía la voz distinta.

—Ragnar Stone, el dueño de esa app de citas. Parece ser que va a lanzar una versión VIP.

—¿App de citas? —repitió. Tenía la sensación de que el aire no le llegaba a los pulmones.

—Ya sabes… *ice/breakr*.

Había salido con él creyendo que era simplemente una persona que, como ella, utilizaba la app para conocer gente. No sabía que era el propietario… y estaba casi segura de que él no se lo había mencionado.

Lucas la miró.

—Claro que lo sabes… —musitó.

Había sido él quien la había inscrito. Él quien la había animado a responder a la pregunta «rompehielos». Podía versar sobre cualquier asunto, desde política a vacaciones. Estaban diseñadas para suscitar una respuesta instintiva que, al parecer, ayudaba a que los emparejamientos fuesen mucho más acertados que una foto y una lista de cosas que te gustaban o que detestabas.

¡Ragnar *Stone*!

Así que le había mentido incluso sobre su apellido.

Respiró hondo intentando absorber aquella nueva versión de los hechos.

–¿Está en Londres?

–Sí, para el lanzamiento. Tiene una oficina aquí –Lucas le había dado a la niña un trocito de plátano y le estaba limpiando la boca con la manga de la camisa–. Una de esas naves reconvertidas en los Docklands. ¿Te acuerdas de Nick?

Ella asintió. Era uno de sus amigos. Tocaba la batería en su grupo, y era artista de grafitis.

–Hizo un dibujo en toda la pared del edificio de Stone. Me enseñó unas fotos y era la caña.

–¿Lo conoció en persona?

–Qué va. Lo más que puedes esperar de un tío así es poder seguir su estela.

Sí, seguramente era así. Eso era lo que había ocurrido, en resumen, veinte meses atrás en la habitación de su hotel. Si no lo había visto claro antes, las palabras de Lucas la habían hecho consciente de que ni Sóley ni ella iban a figurar de modo permanente en su vida.

–¿A qué hora quieres que te lleve?

Respiró hondo y miró a su hermano, pero su mirada se negó a quedarse en él y, como una brújula que siempre señala el norte, sus ojos acabaron en la pantalla del televisor, pegados al rostro de Ragnar: la artista que había en ella, respondiendo ante la limpia simetría de sus facciones, y la mujer que había en ella, recordando la presión de su boca. Era tan guapo, tan parecido en todo a su preciosa hija: su cabello rubio y sus ojos azules. Todo excepto los hoyuelos de las mejillas, que eran suyos.

Sintió un pinchazo por dentro. ¿Y si era algo más que el parecido físico? Crecer sin saber de dónde venía la mitad de su ADN había sido difícil, sobre todo cuando su madre y su hermano eran tan parecidos en carácter. Le había hecho sentirse incompleta, sin terminar, y conocer por fin a su padre no había cambiado nada. Había sido demasiado tarde para que pudieran tejer un lazo y conocerse.

Pero, ¿habría sido distinto si hubiera sabido de ella cuando era un bebé? Y lo que era más importante: ¿podía negarle deliberadamente a su hija la oportunidad de tener lo que ella había deseado con tanta desesperación?

Tardó unos segundos en decidirse.

—Oye, Lucas, sí que me vendría bien que cuidaras a Sóley un rato —dijo, mirando a la niña—. Hay algo que tengo que hacer. En persona.

Conceder entrevistas era seguramente la parte que menos le gustaba de ser CEO, pensó mientras se levantaba para estrechar la mano del joven periodista que tenía delante. Era tan repetitivo… además, la mayoría de preguntas podrían ser respondidas por cualquier recién llegado a su departamento de Recursos Humanos. Pero, como le había dicho aquella mañana

Madeline Thomas, su directora de comunicación, la gente estaba deseando conocer la personalidad de detrás de la marca, así que había concedido veintidós entrevistas con apenas un descanso de media hora para comer.

Y ya había terminado.

Se quitó la americana, se aflojó la corbata y se puso una sudadera de capucha negra cubriéndole la cabeza cuando su asistente personal apareció por la puerta.

–¿A qué hora viene a recogerme el coche por la mañana? –le preguntó mientras echaba mano al portátil que tenía sobre la mesa.

–A las seis y media. Tienes una reunión con James Milner a las siete, con el equipo de gráficos a las ocho y desayuno con Caroline Woodward.

–Nos vemos mañana –se despidió con una sonrisa–. Y gracias por haberlo organizado todo tan bien hoy, Adam.

Tomó el ascensor y se pasó la mano por la cara. Una semana más, y podría tomarse unos días de descanso.

Sabía que lo había estado retrasando demasiado. Su ritual anual de dos semanas para recargar las pilas había quedado reducido a un par de días robados, pero desde que había lanzado *ice/breakr* dos años atrás, su vida se había vuelto una locura.

Trabajar todas las horas del día, comer y dormir de camino a cualquier parte en habitaciones de hotel, todo ello con el telón de fondo de su preciosa, loca y caótica familia, siempre interpretando su propia versión de las antiguas sagas nórdicas, llenas de traición y chantaje.

Miró el teléfono e hizo una mueca. Tres llamadas perdidas de su media hermana Marta, cuatro de su madre, seis mensajes de su madrastra Anna y doce de su hermanastro Gunnar.

Se estiró y guardó el teléfono en el bolsillo de la sudadera. Ninguna sería urgente. Nunca lo eran pero, como a toda reina del drama, a su familia le encantaba tener audiencia.

Pues, por una vez, iban a esperar. En aquel momento, lo único que deseaba era hacer un poco de ejercicio y tirarse en la cama.

Las puertas del ascensor se abrieron y volvió a subirse la capucha, saludó con una inclinación de cabeza a la recepcionista y salió al aire frío de la noche.

No oyó las palabras de la recepcionista, pero sí la voz de una mujer que parecía provenir de dentro de su propia cabeza.

—Ragnar.

En aquel mismo instante se dio cuenta de dos cosas: una, que reconocía aquella voz, y dos, que su corazón latía con la fuerza y la rapidez de una granizada.

Su pelo castaño claro estaba más largo, parecía más preocupada, pero por lo demás estaba exactamente igual que veintitantos meses atrás. Sin embargo, también había algo distinto en ella que no terminaba de identificar. ¿Más joven, quizás? O puede que fuera la impresión de que no iba maquillada, cuando las mujeres de su círculo siempre lo iban.

—Pasaba por aquí. Tengo una exposición un poco más arriba… —señaló vagamente—. Te he visto salir. No sé si te acuerdas de mí… —dudó.

—Me acuerdo —cortó, pero solo porque oír su voz

estaba poniéndole la cabeza del revés. Era una voz que nunca había olvidado. Una voz que había pronunciado su nombre en circunstancias bien diferentes, en la habitación de un hotel a menos de un kilómetro de allí.

Vio que sus pupilas se dilataban y supo que estaba pensando en lo mismo, y los dos permanecieron en silencio un instante, con el recuerdo de aquella noche vibrando entre ellos. Un segundo más tarde, se acercó y le dio un abrazo breve y neutro.

O pretendía que fuese neutro, porque en cuanto percibió el olor cálido y floral de su piel, todo su cuerpo zumbó como un cable cargado de electricidad.

–Por supuesto que me acuerdo –dijo, retrocediendo–. Lottie. Lottie Dawson.

–Sí. Yo sí me llamo así.

La acusación estaba clara, y sintió que el pecho se le contraía al recordar las mentiras que le había contado. Había crecido en el entorno siempre cambiante de su familia, lo que le había hecho detestar la mentira, pero aquella noche se habían conocido a través de una app de citas, y siendo su creador y su propietario, el anonimato le había parecido una precaución razonable.

Pero las mentiras no se habían limitado a ocultar su identidad. Los asuntos caóticos y teatrales de su familia le habían hecho desconfiar de las relaciones, así que cuando al despertar se había encontrado planeando el día con Lottie, había decidido marcharse, porque planear un día con una mujer no estaba en su agenda.

Ni lo estaba, ni iba a estarlo. Nunca.

Su vida ya era bastante complicada. Tenía padres y padrastros, y siete hermanos y hermanastros repartidos por todo el mundo a los que no les duraban las relaciones. Y no solo eso: su interminable lista de aventuras que se solapaban y se rompían después, y el dolor y la tristeza inevitable que las acompañaba, parecían compañeros inevitables de cualquier compromiso.

Le gustaba que la vida fuese clara. Sencilla. Honrada. Por eso había creado *ice/breakr* en un principio. Si planteando una pregunta cuidadosamente pensada la gente podía encontrar a una persona que estuviese a la altura de sus expectativas, se podían evitar traumas innecesarios.

O esa era la teoría.

Aunque estaba claro que había un fallo en alguna parte. ¿Un fantasma en la máquina, quizás?

—Así que nada de Steinn, ¿eh?

Se miraron a los ojos. No era lo que se dice una belleza, pero le resultaba intrigante. Ordinaria y extraordinaria al mismo tiempo.

Y luego estaba su voz.

No era solo su tono grave, sino el modo que tenía de alargar algunas sílabas, como si fuera una cantante de blues. De hecho la había juzgado por su voz, dando por hecho que llevaba a las espaldas demasiadas noches de juerga y una historia de rupturas, pero la noche que habían pasado juntos había revelado una falta de confianza y una torpeza que había sugerido precisamente lo contrario. No es que se lo hubiera preguntado, o le importase. De hecho, había servido para que su apasionada respuesta a él le resultase aún más excitante.

—En cierto modo, sí lo es —contestó, decidido a bloquear aquellos recuerdos—. Steinn es Stone en islandés. Era solo un juego de palabras.

Ella siguió mirándolo a los ojos.

–Lo mismo que llamar a tu app *ice/breakr*, ¿no?

Así que sabía lo de la app.

–Quería probarla. Hacer de maniquí de prueba, podría decirse.

Ella se encogió y él sintió tensión en los hombros.

–No pretendía engañarte.

–¿Sobre qué? ¿Sobre que querías pasar el día conmigo? ¿No crees que habría sido más justo y más honrado que me hubieras dicho sin más que no querías pasar más tiempo conmigo?

Ragnar la miró en silencio, apretando los dientes contra el escozor de sus palabras. Sí que lo habría sido, pero también habría sido una clase distinta de mentira.

–No era mi…

–No importa –cortó con un movimiento de la mano–. No es esa la razón de que esté aquí. Hay un café abierto un poco más arriba…

Lo sabía. Era uno de esos cafés artesanales, bien iluminados, con camareros barbados y mostradores de madera desnuda. No como el café en penumbra en el que habían quedado la otra vez.

Recordaba bien verla entrar. Era una de esas noches tan frías de marzo que le recordaba a su casa, y había un montón de gente refugiada en el bar.

Estaba a punto de marcharse. Una mezcla de trabajo e historias familiares habían dejado reducida su vida personal a un encuentro con el entrenador personal por las mañanas y alguna cena ocasional con inversores, y cayó en la cuenta de que su app llevaba ya casi tres meses funcionando.

Y sin más, había decidido probar.

Había llegado temprano por costumbre. Era una disciplina que abrazaba quizás porque, desde que era niño, tener la posibilidad de ordenar sus ideas en paz era una rareza. Pero cuando Lottie entró, todo pensamiento racional se desvaneció. Tenía las mejillas arreboladas, y parecía no llevar más que la trenca negra y las botas de tacón.

Una pena que no fuera así, y que debajo llevase ropa.

–¿Y quieres que vaya contigo?

Ella lo miró y hubo un instante de silencio antes de que asintiera.

El pulso se le aceleró.

Habían pasado casi dos años desde aquella noche.

Estaba agotado.

Su responsable de seguridad se iba a quedar hecho polvo.

Y sin embargo…

El café tenía aún bastante clientela. Tuvieron que esperar su turno para pedir, pero consiguieron encontrar una mesa.

–Gracias –le dijo por el café que tenía en la mano.

Iba a pagar, pero ella se había puesto delante de él, desafiándolo con la mirada de sus ojos castaños. Pero en aquel momento, esos mismos ojos lo estaban evitando, y por primera vez se preguntó por qué lo habría querido encontrar.

–Bueno, soy todo tuyo –dijo.

–¿Seguro?

–¿De qué va todo esto? ¿De que te di un nombre falso?

–Por supuesto que no. Yo no… la verdad es que no pasaba por aquí de casualidad, y no vengo en realidad por mí –respiró hondo–. Vengo por Sóley.

Su expresión se suavizó y una sonrisa se le dibujó en los labios. Ragnar sintió deseos de acariciar con el dedo la curva de sus labios para desencadenar una sonrisa como aquella solo para él.

–Es un nombre bonito.

Ella asintió.

Era poco común fuera de Islandia.

–¿Quién es Sóley? –preguntó.

Ella permaneció callada menos de un minuto, pero a él le pareció mucho más… lo suficiente para que mentalmente fuese revisando todas las respuestas, posibles e imposibles.

–Es tu hija. Nuestra hija.

Se la quedó mirando sin hablar, aunque una cacofonía de preguntas le estallaban en la cabeza.

No sobre el cómo, el cuándo o el dónde, sino sobre el porqué. Había usado preservativos, por supuesto, pero aquella primera vez la urgencia era tremenda. ¿Por qué narices no se había asegurado de que todo estaba correcto? ¿Por qué había permitido que el calor del momento bloquease el sentido común?

Pero esas respuestas iban a tener que esperar.

–Vale.

Ella frunció el ceño y cambió de postura.

–¿Vale? –repitió–. ¿Has entendido lo que te acabo de decir?

–Sí. Estás diciendo que te dejé embarazada.

–No pareces sorprendido.

–Son cosas que pasan –respondió, encogiéndose de hombros.

A sus hermanos, a sus hermanastros, incluso a su madre. Pero nunca a él.

Hasta aquel momento.

–¿Y me crees?

Parecía confusa y hasta sorprendida.

–¿Te digo la verdad? –le preguntó, ladeando la cabeza.

Iba a preguntarle que qué podía ganar mintiendo, pero ella se le adelantó.

–Si me baso en lo que sé de ti, no estoy segura de poder esperar la verdad. Me mentiste sobre tu nombre, sobre el hotel en que te alojabas y sobre que querías pasar el día conmigo.

–No pretendía mentirte.

–Ya. Estoy convencida de que te sale de manera natural –espetó.

–Estás tergiversando mis palabras.

–¿Decir Steinn en lugar de Stone es tergiversar?

Apoyó la espalda en la pared y sintió que la ira empezaba a acumulársele bajo la piel.

–Vale, estuvo mal mentirte, pero si tanto te importa la verdad, ¿por qué has esperado hasta ahora para decirme que tengo una hija? La niña debe tener... ¿cuántos? ¿Diez, once meses?

–Once. Y quería decírtelo. Intenté localizarte cuando supe que estaba embarazada y luego cuando nació, pero los únicos Ragnar Steinn que encontré no eran tú –volvió a cambiar de postura–. Seguramente nunca te habría encontrado de no haberte visto en la tele.

Años de navegar en las tormentas de su familia le habían proporcionado un control férreo sobre sus sentimientos, pero por alguna razón no fue capaz de evitar que el pánico que veía en ella, y su orgullo, se le metieran bajo la piel.

Dejar que los sentimientos interfirieran con los

hechos no iba a ser de ayuda. Tenía que centrarse en los aspectos más prácticos.

—Pues por suerte me has encontrado.

—Ten.

Empujaba algo sobre la mesa hacia él, pero siguió hablando.

—Imagino que querrás hablar de dinero.

En aquel momento, un grupo de chicos y chicas entró en el café y, con gran algarabía, pidieron en la barra. Fue ese ruido lo que le hizo pensar a Lottie que quizás había oído mal.

Pero no.

Desde que llegó a Londres aquella misma mañana, se había estado preguntando si hacía lo correcto, y la perspectiva de volver a ver a Ragnar hacía que su estómago se dedicase a ejecutar movimientos gimnásticos. Su humor se había debatido entre la ira y el nerviosismo, pero al verlo salir a la calle, todo se olvidó y un espasmo de una necesidad casi insoportable la consumió.

Pensar que verlo en la tele la había preparado para volver a encontrarse con él era un error. A la luz de las farolas, su belleza era tan intensa y sorprendente como la piedra volcánica de su país.

Pero al parecer, Ragnar ya había decidido cuál iba a ser la naturaleza de su relación. Igual que su padre.

—¿Dinero? —repitió. La palabra le dejó un regusto amargo en la boca—. No he venido aquí a hablarte de dinero, sino de nuestra hija.

Parecía que el corazón no le cabía en el pecho. ¿Por qué los hombres pensaban que podían reducir su vida a una cantidad aleatoria de dinero?

–Los niños cuestan dinero. Hasta ahora la has sacado adelante tú sola, y quiero arreglarlo. Tendré que hablar con mis abogados, pero quiero que sepas que no tendrás que volver a preocuparte por eso.

No quería ayuda económica, ni que nadie le arreglase nada.

–No he estado sola. Mi madre me ayuda y mi hermano Lucas vive conmigo. Es tatuador, así que tiene horario flexible…

–¿Tatuador?

Alzó la mirada y se encontró con que la examinaba con sus ojos azules como si fuera un algoritmo erróneo.

Se aclaró la garganta.

–Sé que eres rico, Ragnar, pero no he venido a pedirte nada –tragó saliva junto con la desilusión–. Esto ha sido un error, pero no te preocupes que no lo cometeré más. Puedes volver tranquilamente a lo que más te interesa, que por lo que veo es ganar dinero.

Ragnar estiró el brazo sobre la mesa, pero antes de que se hubiera podido poner de pie, ella ya lo había hecho, había recogido el abrigo y salía a toda prisa del café.

Consideró un instante salir tras ella, pero se movía demasiado deprisa y seguro que no la alcanzaría antes de que se metiera en la boca de metro de la esquina.

Una sensación de frustración bastante conocida le agarrotó el pecho.

Tener un hijo con un completo desconocido, mantenerlo en secreto, aparecer de pronto para anunciar la existencia de ese hijo y desaparecer, podría ser una cita exacta del libro del caos de su familia.

El pulso se le aceleró al mirar por primera vez lo que le había dejado sobre la mesa: era una foto de la niña. Sóley.

La pequeña se parecía muchísimo a él.

Rozó su cara con la yema de los dedos. Era tan pequeña y tan dorada como su nombre. No iba a permitir que creciera contando solo con la influencia de su caótica madre y la familia de marginales que parecía tener.

Tenía que ponerse en marcha. Recogió la foto y sacó el teléfono.

Capítulo 2

LOTTIE miró a su alrededor. En la galería había grupos de gente que de vez en cuando se paraban ante los dibujos, collages y objetos de resina esculpida. No es que estuviera abarrotada, pero se sentía satisfecha.

Satisfecha y exhausta, pensó, recolocando a Sóley, que dormía sobre su hombro.

—Casi hemos terminado.

Se dio la vuelta y sonrió. Una mujer delgada, rubia y con un perfil que hacía que se volvieran hacia ella las miradas de los hombres le guiñó un ojo. Georgina Hamilton era la glamurosa y competente copropietaria de la galería y, a pesar de que Lottie y ella eran tan distintas como era posible, habían llegado a ser aliadas y se apoyaban la una en la otra firmemente.

—¿Tan desesperada parezco? –suspiró.

—Solo yo me doy cuenta. Para los demás, seguro que tu aspecto es de desarreglo artístico –sonrió–. ¿Quieres que la tenga yo un rato? –se ofreció.

Las dos se rieron. Ambas sabían que la idea del cuidado de un bebé de Georgina consistía en elegirle ropa en la exclusiva boutique que tenía su prima en el mercado de Chelsea.

—No te preocupes. No quiero que se pueda despertar. Lleva un par de noches durmiendo mal.

Y no era la única.

Sintió que las mejillas se le arrebolaban y miró hacia otro lado. Era cierto que a Sóley le había costado conciliar el sueño, pero era Ragnar lo que a su madre se lo quitaba, no solo por el shock de volver a verlo, o de haber podido comprobar que la vida de su hija era para él un asunto económico, sino por la desconcertante formalidad que había entre ellos.

Por supuesto que lo que había habido entre ambos no había sido más que un encuentro casual. Al fin y al cabo, era un hombre que había transformado la necesidad de intimidad de la gente en un negocio global y multimillonario, una ambición que difícilmente era compatible con la empatía o la pasión. ¿Qué era exactamente lo que había dicho sobre aquella noche?, intentó recordar. Ah, sí. Que había sido un ensayo para su app. Que había hecho de muñeco de prueba. Ella sí que había sido un pelele, imaginando que querría conocer a su hija.

Se había acabado lo de hacer lo correcto con todo el mundo. Solo permitiría que se le acercaran personas de confianza, como la mujer que tenía delante en aquel momento.

—Gracias por quedarte, Georgina, y por todo lo demás. No creo que hubiese vendido tan bien si no hubieras estado aquí.

Apartándose su magnífica melena rubia, Georgina sonrió.

—¡Ay, cariño, no tienes que darme las gracias por eso! En primer lugar, es mi trabajo, y en segundo lugar, para la galería es infinitamente mejor poder colgar el cartel de *vendido*.

—¿Vendido? Pero yo creía que quedaban piezas aún… los dibujos esos y el collage…

–Ya no. Rowley me llamó a la hora de comer y los compró todos.

Rowley era un prestigioso marchante de arte que vivía en Mayfair y que poseía una lista de adinerados clientes repartidos por Pekín, Nueva York y Londres, que se gastaban millones en casas, coches y artistas emergentes.

–No –se adelantó Georgina a la pregunta que tenía en la punta de la lengua–. No me ha dado nombres –hizo una pausa–. No pareces muy complacida.

–Lo estoy –protestó.

Cuando supo que estaba embarazada, trabajar fue una agradable distracción de lo que se le venía encima, pero enseguida había pasado a ser mucho más.

–Es que me gusta más conocer directamente a quien compra mis obras –añadió, mirando a la gente que se paseaba por la galería.

–Lo sé, pero ya sabes cómo son esos coleccionistas. Les encanta el cachet que les proporciona comprar obras de artistas emergentes, pero les gusta el anonimato todavía más. Sé que odias las etiquetas, pero eres una artista emergente, y si no me crees, puedes verlo con tus propios ojos. Mira como todo tiene la etiqueta de *vendido*.

Lottie se cambió a Sóley al otro hombro.

–¿Seguro que no quieres que la tenga yo un rato? –se ofreció Georgina.

–No, de verdad. Deben estar a punto de llegar. Lucas tenía que recoger a Izzy en la estación y venían aquí directos.

Georgina respiró fuerte. No era precisamente una entusiasta de la familia de Lottie.

–Sí, bueno, se habrán… distraído –replicó, estirándose el cuerpo de su ceñido vestido, hasta que de pronto sus ojos se entrecerraron como una tigresa que hubiera localizado una presa–. Ay, Dios…

–¿Qué pasa?

–No mires, pero un tío que está cañón acaba de entrar en la galería. Tiene los ojos más increíbles que he visto en mi vida.

Que sin duda estarían clavados en ella.

–¡Ay! –protestó porque Georgina le había apretado un brazo.

–¡Viene hacia nosotras!

–Hacia ti, querrás decir.

Georgina causaba un tremendo efecto en los hombres, y ella estaba acostumbrada a rellenar, simplemente, el hueco que quedaba a su lado.

–No viene mirándome a mí, sino a ti –se sorprendió.

–No se habrá puesto las lentillas esta mañana. O igual es…

Se había dado la vuelta y se quedó sin palabras. Caminando hacia ella, clavados sus ojos azules en su cara, estaba Ragnar Stone.

Lottie lo miró muda cuando se detuvo ante ella. Iba vestido más casualmente que cuando lo vio a la puerta de su oficina, pero su presencia tenía tal fuerza que la galería parecía haberse encogido y tuvo la sensación de que todo el mundo lo miraba.

Qué ojos tan increíblemente azules tenía, pensó. Pero Georgina se equivocaba. No la estaba mirando a ella, sino a la niña. Por unos segundos permaneció así y luego, lentamente, se volvió hacia ella.

–Hola, Lottie.

–Hola, Ragnar.

En el silencio casi museístico de la galería, su voz la estaba haciendo temblar como el arco al violín, algo completamente ilógico e inapropiado, pero cierto.

–No esperaba verte.

Él no contestó.

–Entonces, ¿os conocéis? –preguntó Georgina con naturalidad.

–Sí.

–¡No!

Los dos hablaron al mismo tiempo, y Lottie sintió que las mejillas se le arrebolaban.

–Nos conocimos hace un par de años –se corrigió.

–Menos de dos años –dijo él.

Hubo a continuación un tenso silencio y Georgina carraspeó.

–Bueno, os dejo para que podáis poneros al día.

E ignorando la mirada muda de súplica de Lottie, se dirigió hacia una pareja bien vestida del otro lado de la galería.

–¿Cómo me has encontrado? –le preguntó, con el corazón golpeándole las costillas.

–Oh, pasaba por aquí.

–¿Has hecho que me siguieran? –le preguntó, frunciendo el ceño.

–No. Pero le he pedido a mi jefe de seguridad que localizara la exposición de la que me hablaste.

Sintió un latido en la sien. Aquello no se lo esperaba. Como tampoco se esperaba la felicidad que parecía estar envolviéndole el corazón.

–¿No me vas a presentar?

Por un momento lo miró sin comprender. ¿Hablaba de Georgina? ¿De verdad iba a utilizar un momento como aquel para ligarse a otra mujer?

–Se llama Georgina. Es…

–A ella no. A mi hija.

En las veinticuatro horas que habían transcurrido desde que había dejado atrás a Ragnar y su ofrecimiento económico, había intentado organizar sus emociones, pero sin éxito. Había seguido debatiéndose entre la ira y la desilusión que acompañaron a lo ocurrido con su padre, pero al menos había podido comprender, aunque no excusar, la reticencia de Alistair. Conocer a una hija ya adulta cuya existencia desconocía no podía ser fácil, pero Sóley apenas era una personita, y que inmediatamente después de saber de su existencia transformase su relación en un balance…

–¿Qué quieres, Ragnar?

–Exactamente lo mismo que quería anoche –respondió–. Pero en lugar de darme la oportunidad de explicarme, te dejaste llevar por una especie de berrinche temperamental.

–Te di una oportunidad y tú me ofreciste dinero –replicó, mirándolo fijamente–. Y si es esa la razón de que estés aquí, pierdes el tiempo. Ya te dije que no quería tu dinero, y nada ha cambiado.

–Esa decisión no te corresponde a ti tomarla. Es decir, ¿qué clase de madre rechaza ayuda económica para su hijo?

Estaba retorciendo sus palabras. O puede que fuera eso lo que había dicho, pero se refería no tanto al hecho de rechazar su dinero como de demostrarle que se equivocaba en cuanto a los motivos por los que ella se había puesto en contacto con él.

–No estaba rechazando tu dinero. Solo el hecho de que pensaras que eso era lo que yo buscaba. Hiciste que me sintiera como una buscona.

Su expresión no cambió.

—Entonces, ¿qué querías de mí?

Esa pregunta la pilló desprevenida, y no porque desconociera la respuesta. En parte quería hacer lo correcto, pero también sabía lo que era crecer desconociéndolo todo de tu padre, y quería ahorrarle a su hija esa sensación de estar siempre fuera mirando hacia dentro.

Pero es que le costaba admitir algo tan personal ante un extraño.

—Eres su padre, y quería que lo supieras. Quería que la conocieras —la voz le tembló un poco—. Es una niña feliz y encantadora, que le interesa todo lo que tiene a su alrededor.

—¿Por eso la has traído a la galería?

—Sí —respondió a la defensiva.

Podía ser pura conversación banal, pero había una corriente oculta en su voz que le recordó el momento en que le dijo que Lucas era tatuador. ¿Cómo un hombre como él iba a entender a su familia, tan maravillosa y tan poco convencional a la vez?

—Soy artista y madre, y no voy a fingir que mi hija no forma parte de mi vida. Además, no veo por qué iba a tener que hacerlo.

—Estoy de acuerdo —contestó él, mirando las esculturas opacas de resina—. Ser madre no te define, pero sí aporta una nueva perspectiva a tu trabajo. No literalmente —precisó con una mínima sonrisa—, pero sí en cómo te explicas como artista.

Sóley se movió y volvió a quedarse dormida con un dedito en la boca.

—Entonces… ¿por qué estás aquí?

—Quiero formar parte de la vida de mi hija… y sí,

eso incluye contribuir económicamente, pero por encima de todo está mi deseo de participar en su crianza.

Participar en su crianza…

La garganta se le había cerrado y el corazón le saltaba errático, como un pez que hubiera mordido un anzuelo.

¿Por qué? Le estaba ofreciendo exactamente lo que creía querer para su hija, ¿no?

Sóley volvió a moverse y su pánico se quintuplicó.

La verdad es que no había pensado en lo que ocurriría cuando se enterase de que era padre. El recuerdo de la expresión de sorpresa y pánico de su propio padre era lo que tenía más presente cuando supo que estaba embarazada, y eso era lo que quería evitar poniéndose en contacto con Ragnar mientras la niña era aún tan pequeña.

Pero ¿se había parado a pensar más allá de aquel momento de revelación? ¿Se lo había imaginado siendo una presencia constante en la vida de la niña? En realidad, no. Ella, tan farisaica respecto al engaño de Ragnar, resulta que se estaba engañando a sí misma desde el principio, convenciéndose de que se ponía en contacto con él porque quería que estuviera presente en la vida de su hija cuando, en realidad, pretendía reescribir la triste escena entre su padre y ella.

Y ahora, gracias a su estupidez y su cortedad de miras, había dejado que alguien al que apenas conocía y que no sabía si le gustaba como persona entrase en su vida, y que le obligara a hacer compatible una agenda que difícilmente iba a casar con la suya.

—No sé cómo podemos hacer que esto funcione…

Pero él no la estaba escuchando, sino que contemplaba hipnotizado el rostro de su hija. Y resultó que la niña estaba despierta y lo miraba a él. El corazón se le encogió. Sus ojos azules se parecían tanto.

—Ey… —saludó a la niña—. ¿Puedo? —preguntó a Lottie quien, casi sin darse cuenta de lo que hacía, asintió.

Ragnar acercó la mano y la pequeña se agarró a su pulgar, y Lottie experimentó la misma mezcla de orgullo y pánico que en su casa, cuando la vio mirando fijamente el rostro de su padre. Padre e hija, y un lazo invisible que los unía.

—Tenemos que sentarnos y hablar de lo que va a pasar ahora—dijo.

—¿De lo que va a pasar ahora?

Él asintió.

—Es obvio que tenemos que hacer algo legalmente, pero en este momento lo que me gustaría es que los dos estuviéramos en la misma página.

Desde la calle llegó una risotada. Todo el mundo se volvió a mirar, y Lottie sintió que se le erizaba el vello al ver el bajo del abrigo de su madre y las botas negras de su hermano bajando la escalera de la galería.

El pánico fue lo único que le quedó en la cabeza. Aquel no era el momento ni el lugar para que Ragnar conociera a su familia. No estaba preparada, y no podía imaginar qué clase de reacción iba a tener cada cual. O en realidad sí que podía, y era precisamente eso lo que quería evitar a toda costa.

—Bien —dijo rápidamente—. Te doy mi número y me llamas. Nos veremos en otro momento.

—Creo que sería mejor que tomásemos una decisión ahora.

Lucas estaba ya flirteando con la recepcionista de

la galería y Lottie apretó los dientes. Pretendía arrinconarla, pero es que no podía arriesgarse a que se conocieran.

–De acuerdo… ¿Mañana, después de comer?

Él asintió.

–¿Prefieres que venga aquí?

–No. Siempre hay gente entrando y saliendo. Será más fácil hablar sin interrupciones.

–Bien. Te enviaré un coche.

–Eso no es…

–¿Necesario? Puede que no, pero compláceme. Este es mi número particular –dijo, entregándole una tarjeta que sacó de la chaqueta–. Envíame un mensaje con tu dirección y haré que te recoja mi chófer.

Hubo un instante de silencio. No le gustaba que la tratasen como si fuera un paquete VIP, pero la vida era así.

–Bien. Pero ahora necesito que te vayas. La exposición está a punto de cerrar y quiero llevar a Sóley a casa –dijo, viendo por el rabillo del ojo cómo Georgina se apresuraba a interceptar a su madre y a su hermano–. Si no te importa…

–Claro que no –dijo, esbozando una mínima sonrisa–. Te veo mañana.

Con delicadeza hizo que la niña le soltase el dedo, dio media vuelta y se dirigió a la puerta, pasando justo al lado de su madre y de su hermano.

–¡Siento llegar tarde! –exclamó su madre, pasándose la mano por su larga melena morena–. Nos hemos encontrado con Chris, y tu hermano se ha empeñado en invitarlo a tomar algo.

–Me ha dado pena. El pobre casi se vuelve loco cuando cortaste con él –añadió Lucas.

–Ya se las apañará.

Su madre la besó en la mejilla.

–¿Quién era ese? –preguntó, volviéndose a mirar a Ragnar.

–Estaba de paso –respondió.

Lucas frunció el ceño.

–Tengo la sensación de haberlo visto antes.

–Es poco probable. No creo que os mováis en los mismos círculos. ¡Y no intentes distraerme! –sentenció en tono acusador–. Teníais que haber llegado hace una hora. Y ya que estáis aquí, ¿puedes cuidar un rato de Sóley?

Su hermano la tomó en brazos de inmediato. No podía permitir que hiciera ninguna clase de conexión, porque no estaba dispuesta a que lo suyo se hiciera público. Ya lo había complicado todo demasiado invitando a entrar en su vida a aquel desconocido de ojos azules.

Pero si Ragnar había llegado a la conclusión de que, por haber aceptado enseguida que volvieran a verse, iba a poder decidir libremente los límites de la relación con su hija, se equivocaba. Y al día siguiente se iba a enterar.

¿Aquellos dos eran su familia?

Subiendo las escaleras de la galería de dos en dos, empezó a sentir una extraña incomodidad, la sensación de ser arrastrado hacia un agujero negro que solía acompañar a los encuentros con su propia familia.

El tío desaliñado con el tatuaje en el cuello de la calavera del *Day-of-the-Dead*, y la mujer de pelo oscuro con un abrigo de piel sintética rojo debían ser su hermano y su madre, lo cual no era un pensamiento precisamente tranquilizador. Sabía por experiencia propia que las excentricidades podían parecer encantadoras vistas desde fuera, pero normalmente iban acompañadas de una tendencia a la indulgencia personal y al melodrama que resultaban agotadoras y que consumían muchísimo tiempo.

Pero al menos con la familia propia, sabías a qué atenerte.

Recordó cómo su hija se había agarrado a su dedo. Si hubiera albergado alguna duda sobre si tenía un papel que interpretar en la vida de Sóley, se había desvanecido por completo al tomar su mano. Los niños necesitaban estabilidad y apoyo de los adultos de su vida, no drama, y no era difícil imaginarse la clase de circo que debían crear esos dos.

No era de extrañar que Lottie se hubiera mostrado tan desesperada por verlo marcharse. Cuanto antes tomase el control de las riendas, mejor.

Abrió la puerta de su coche y se metió en el asiento trasero.

—A casa, John.

A casa. ¿Qué sabía él de lo que era tener un hogar? Había vivido en tantas casas, países, con tantas combinaciones de padres y parejas de sus padres. Y ahora que por su dinero tenía casas por todo el mundo, ninguna de ellas, a pesar de su escala y sus interiores de diseño, le transmitía la sensación de hogar al traspasar el umbral.

Solo había un lugar que él consideraba su hogar, y su dueño, irónicamente, no estaba relacionado con él ni por sangre ni por matrimonio.

Y él iba a asegurarse de que su hija tuviera el hogar que a él le habían negado.

A la mañana siguiente, se despertó temprano.

Aún era de noche cuando se levantó, pero sabía por experiencia que no podía volver a dormirse. Se vistió y bajó al gimnasio, donde trabajó en las máquinas hasta que le dolió el cuerpo entero.

Una hora después, duchado y vestido, se dejó caer en el sofá de uno de los salones. Había ocho en total, pero aquel era su preferido. Respiró hondo. Estaba lloviendo, y por la ventana solo podía ver el brillo oscuro del agua y la silueta de una cuerna de ciervo, ya que el animal se movía sin hacer ningún ruido por la hierba.

Aquel ciervo rojo venía con la casa, Lamerton House, una mansión jacobina con cuarenta acres de terreno que utilizaba cuando tenía que reunirse con banqueros e inversores en Londres. Los ciervos eran menos salvajes que los renos, pero aquel animal seguía recordándole a su hogar.

Hogar. Esa palabra otra vez.

Irritado, siguió contemplando la oscuridad. No era una palabra que apareciese de manera habitual en su vocabulario. Ajustó el foco de su mirada para ver su propio reflejo en el cristal, pero no fue su cara lo que vio sino la de su hija, tan parecida a él y ya tan importante.

La conocía hacía solo cuarenta y ocho horas, pero sus sentimientos estaban claros. Se merecía un hogar, un lugar seguro y estable. Un lugar en el que poder florecer.

Ojalá sus sentimientos por Lottie fuesen tan sencillos.

En un primer momento había querido culparla por desequilibrar su vida de ese modo, por ocultarle la verdad, pero ¿cómo iba a poder hacerlo, si él era tan culpable como ella? Tampoco podía culparla por haber rechazado su ofrecimiento de dinero. Llevaba casi dos años arreglándoselas sola, de modo que era lógico que se hubiera sentido insultada.

Pero reconocer sus propias faltas no la absolvía a ella. Era terca, inconsistente e irracional, y estar cerca de ella hacía que su cuerpo se inflamara y que la cabeza le diera vueltas. Lo había sentido... aquella misma necesidad implacable que se había apoderado de él entonces. Una necesidad que se había pasado la vida criticando en los demás y que ahora pretendía suprimir...

Desde la ventana vio el turismo azul oscuro acercarse a la casa. John, su chófer, abrió la puerta. Su corazón se arrancó con un redoble de tambor cuando Lottie bajó del coche.

Se dirigió a las escaleras y, cuando ponía un pie en el último peldaño, la vio.

Hubo un momento de silencio. Venía con vaqueros y una sudadera grande color crema. Traía las mejillas arreboladas y el pelo en una coleta sujeta con un cordón.

–Llegas puntual –le dijo.

Ella asintió.

–Gracias por enviarme el coche –dijo, mirándolo a los ojos. Parecía tensa y desconfiada–. ¿Qué va a pasar ahora?

Sus palabras despertaron un recuerdo que no estaba dormido del todo.

«¿Qué va a pasar ahora?»

Estaban en la calle, veinte meses atrás, delante de un restaurante, y vio cómo le temblaban los labios al hacer esa pregunta, cómo el pelo le rozaba el cuello del abrigo y cómo él se inclinó para besarla.

–Hablamos –dijo sin más–. ¿Por qué no tomamos algo?

Su ama de llaves, Francesca, había dejado en la cocina té y café, y unas galletas caseras en la barra de granito de los desayunos.

–Siéntate –le ofreció, señalando un taburete de cuero–. ¿Té o café?

–Té, por favor. Negro, si puede ser.

Le tendió una taza y ella sonrió tensa.

Tomó un sorbo y al verla entreabrir los labios, sintió que su cuerpo reaccionaba. Era extraño, absurdo y frustrante, darle simplemente una taza de té cuando parte de él recordaba perfectamente cómo era tenerla en los brazos.

Carraspeó.

–Bueno, ¿empezamos?

La oyó respirar hondo.

–Acepto que Sóley es mi hija, pero obviamente eso no va a satisfacer a mis abogados, así que me temo que tendremos que establecer la paternidad. Es bastante sencillo. Solo hay que tomar una muestra mía, otra tuya y otra de Sóley.

Hubo un breve silencio.

–De acuerdo.

–Bien. Más adelante me gustaría establecer la custodia, pero inicialmente solo quiero poder pasar algo de tiempo con mi hija.

Y proporcionarle la estructura y la estabilidad de las que por instinto sabía que su vida debía carecer.

–¿Qué significa eso exactamente?

–Desde que lo de la app empezó a funcionar, he intentado tomarme un par de semanas de vacaciones, tres a lo sumo, cada año, solo para recargar las pilas.

–¿Y?

Tenía la mirada clavada en sus ojos.

–Y ahora me parece el mejor momento para hacerlo. Obviamente sería un acuerdo a corto plazo, pero me daría la oportunidad de conocer a Sóley y a saber qué es lo mejor para ella.

–Yo ya sé qué es lo mejor para ella –replicó, tensa.

–Por supuesto. Pero las circunstancias han cambiado –esperó unos segundos–. Esto es solo un primer paso. Soy consciente de que vamos a tener que hablar mucho, y por supuesto, cualquier acuerdo para el futuro tendrá en cuenta las necesidades de Sóley. Su bienestar es lo primero.

Lottie lo miró en silencio.

–En ese caso, será más fácil que vengas a mi casa. Venir hasta aquí es mucha distancia para un día.

Él frunció el ceño.

–No esperaba que vinieras a traerla, y tampoco hablaba de un solo día.

–No entiendo.

–Déjame que te explique. Mis vacaciones tienen por objeto darme tiempo para pensar, para desconectar. Por eso me vuelvo a Islandia. Allí la vida es menos frenética, y es más fácil relajarse. Me gustaría que Sóley se viniera conmigo.

–Estás de broma, ¿no? –preguntó, mirándolo de hito en hito.

–No.

Vio cómo sus palabras cumplían el objetivo previsto. Las mejillas de Lottie empezaban a cobrar color.

—No tiene pasaporte —fue lo primero que se le ocurrió.

—Pero sí certificado de nacimiento, así que no será un problema. Tengo gente que puede ocuparse de ello.

—No… esto no está pasando —murmuró—. Sóley no te conoce, y nunca ha ido a ninguna parte sin mí.

La tensión en su voz era palpable. Estaba asustada. Asustada de él. No físicamente, pero sí de lo que quería, y no pudo por menos que empatizar con ella. Había llevado en su vientre a la niña durante nueve meses y cuidado de ella durante otros once. Ahora él estaba en sus vidas, y todo iba a cambiar.

Estuvo a punto de acercarse a ella y consolarla, pero era mejor no confundir las cosas. Lottie se adaptaría y lo importante era acordar lo mejor para Sóley.

—Por supuesto esperaba que te vinieras con nosotros.

Habló despacio, como si lo hiciera con un niño confundido, pero en lugar de calmarla, sus palabras surtieron el efecto contrario.

—¿Yo? ¿Ir con vosotros? No. De ninguna manera.

—¿Por qué no? Hablé con la mujer de la galería y no tienes exposiciones en breve.

—¿Hablaste con Georgina? ¿Cómo te atreves? —explotó, ultrajada—. ¿Cómo te atreves a hablar con la gente a mis espaldas?

—Estás siendo ridícula.

—¡Y tú estás siendo insoportable! —espetó—. No puedes pretender que lo deje todo sin más.

—Sí que puedo. Y si no lo haces, tendré que presionarte un poco.

–¿Presionarme? ¿Cómo, Ragnar? –inquirió, poniéndose en pie con los puños apretados–. ¿Vas a llamar a tu jefe de seguridad? ¿O vas a raptarnos?

¿Cómo había perdido el control de la situación con tanta rapidez?

–Esto no nos lleva a ninguna parte –reflexionó, con una mezcla de fatiga y frustración–, y por si se te ha olvidado ya, fuiste tú la que se puso en contacto conmigo.

Hizo una breve pausa en la que se dio cuenta de que el pelo empezaba a escapar de su coleta, y tuvo que resistir el deseo de soltarlo del todo.

–Mira, Lottie –lo intentó de nuevo–. Donde va Sóley, vas tú. Eso es un hecho. Y con presión me refería a abogados, pero no quiero escalar esta situación. Solo quiero hacer lo que sea mejor para nuestra hija. Sé que tú también lo quieres, y por eso viniste a buscarme el otro día.

–Yo quiero lo que sea mejor para ella, pero… pero irme así contigo… tres semanas es mucho tiempo para pasar juntos dos desconocidos.

–Nosotros no somos desconocidos, Lottie –replicó con suavidad.

El silencio se hizo denso. Las pupilas de ella se dilataron como una supernova y vio que dejaba de respirar. Pasó un minuto. Estaban a escasa distancia el uno del otro, tan corta que bastaría con estirar el brazo para tocarla, para acercarla, para pegar sus cuerpos…

–Está bien –suspiró–. Sóley y yo nos iremos a Islandia contigo –declaró, pero su expresión se endureció–. Y luego nos volveremos a casa solas. Sin ti.

Capítulo 3

LOTTIE y Lucas empezaron su paseo subiendo por el murete de detrás del jardín, como siempre. Después de varios días de lluvia, no solo brillaba el sol, sino que la temperatura era bastante agradable.

–¿Vamos donde siempre? –preguntó.

Ella asintió.

–Podríamos volver por el río. Igual hay algunos patos que pueda ver la niña.

Sóley iba metida en la mochila que su hermano llevaba a la espalda. Vestía un buzo ligero rosa y un gorrito de lana con forma de mora, incluso con sus hojas y su rabito y, a la pálida luz del sol, su piel se veía tan lisa y luminosa como una perla.

Bordearon las tierras de labor, y en lugar del runrún de la maquinaria agrícola o el balar de las ovejas, los recibió el silencio. A Lottie no le importó. Ya llevaba bastante ruido en la cabeza.

Ragnar había vuelto a salir en la tele la noche anterior en un programa sobre economía, y oírle hablar sobre expansión global y mercados emergentes la había dejado inquieta. Parecía tan frío, tan centrado en sus objetivos. Estaban hablando de negocios y era consciente de ello, pero se imaginó que podría aplicar aquella misma determinación a conseguir lo que quisiera en cuanto a su hija. Además, tenía toda clase de recursos a su disposición. Sirviera de ejemplo el hecho de que, en menos de tres semanas, los tres estarían volando hacia Islandia y el pasaporte de la niña estaba ya dispuesto.

¿Y qué otra alternativa le quedaba? ¿Negarse? ¿Esconderse?

El estómago se le encogió. No le quedaba otra más que aceptar lo que estaba pasando.

No es que lo culpase por querer ponerlo todo en marcha. De encontrarse en sus zapatos, ella habría hecho lo mismo. Tampoco lamentaba la decisión de hablarle de Sóley, pero es que verlos juntos, sentir el peso de la conexión que había entre ambos, hacía que la cabeza le diera vueltas. Una conexión que nunca la incluiría a ella. Una conexión que ella no había conseguido con su padre.

—La semana que viene podíamos llevar a la niña al centro. Van a encender las luces de Navidad.

De pronto le costaba respirar. Miró a su hermano a la cara, tan familiar, tan reconfortante… y, sin embargo, no había encontrado el modo de contarle lo que estaba pasando.

La marisma, en la distancia, se veía inmensa y silenciosa bajo el cielo gris. En cierto sentido era una imagen liberadora, porque lo ponía todo en su debida perspectiva. En comparación con algo tan infinito e imperecedero, sus problemas eran insignificantes y triviales.

Miró a su hermano, su chaqueta de cuero desgastada, la barba incipiente en el mentón y de pronto supo que había llegado el momento, el instante que había estado aguardando y temiendo.

–Sería una idea genial, pero es que no voy a estar aquí –le lanzó.

–¿Ah, no? Creía que no tenías nada hasta después de Navidad.

Intentó tragar saliva.

–Y no lo tengo… o no lo tenía, pero me voy… nos vamos a Islandia.

–¿Islandia? –repitió, mirándola sorprendido–. ¡Vaya! Un poco repentino, ¿no? ¿Cómo ha surgido?

Tardó un instante en analizar varias respuestas posibles, pero la necesidad de decirle la verdad ganaba terreno.

–Nos vamos con el padre de Sóley –se rindió–. Solo un par de semanas para que pueda conocerla.

No podría decir qué explicación esperaba su hermano, pero desde luego no era aquella. Era difícil sorprenderlo, porque siempre era tolerante y flexible, pero lo había dejado anonadado.

–Creía que no sabías quién era.

–Y no lo sabía, pero lo averigüé por casualidad, fui a su oficina y le hablé de Sóley. Entonces me invitó a ir a su casa y hablamos.

Lucas se aclaró la garganta.

–¿Cuándo ha sido eso?

–Hace un par de días.

–¿Y sin más te ha invitado a que te vayas con él? –se sorprendió.

–Sí.

–¿Y tú has aceptado?

Sintió calor en el cuello mientras asentía. Dicho así parecía una locura, pero ¿qué podía decir? ¿Que no había sido una invitación, sino una imposición?

Si se lo decía, se pondría furioso, pero su ira no iba

a cambiar las cosas. Ragnar era el padre de Sóley, y tenía derecho a conocer a su hija.

Una cierta vergüenza la hizo enrojecer. Esa no era la única razón por la que había accedido a ir con él a Islandia. En su decisión había otra clase de deseo. Volvió mentalmente al momento de la cocina, cuando la ira y la tensión habían pasado a ser otra cosa, y la intensidad de sus emociones y la cercanía de sus cuerpos habían resucitado el fantasma de su conexión con una increíble velocidad.

Podía disimularlo, engañarse, pero en aquel momento, la verdad había sido irrefutable: lo deseaba. Lo deseaba más de lo que nunca había deseado a cualquier otro hombre.

Miró a su hermano. Parecía tranquilo, pero la confusión estaba clara en su expresión.

—Crees que es una mala idea.

—No, lo que pasa es que me molesta que no me lo hayas contado antes.

Buscó su mano y se la apretó.

—Quería hacerlo, pero me preocupaba lo que pudieras decir. Lo que dijerais mamá y tú. No quiero desilusionaros.

—¿Desilusionarnos? Sóley es tu hija, Lottie. Es cosa tuya decidir si quieres que conozca a su padre o no.

—Lo sé, pero tú siempre has dicho que daba igual que papá no estuviera, y mamá también.

—Yo lo siento así, pero sé que tú no, y está bien. Simplemente tú no eres así, y sé que eso te ha hecho sufrir a veces, pero eres mi hermana y siempre voy a estar aquí para ti. No tienes que tomar ninguna decisión precipitada sobre el padre de Sóley.

Ya habían llegado al río y contempló sus aguas mientras Sóley palmoteaba entusiasmada al ver un grupo de ánades reales buscando entre el limo insectos y semillas.

—No hay un límite de tiempo para la paternidad —añadió su hermano.

Sí que lo había, pensó. Un tiempo y un límite.

Recordó el encuentro con su propio padre. Lo había retrasado demasiado. Tanto, que ya no quedaba hueco para ella en la vida de Alistair.

—En teoría no, pero cada día que pasa pone a prueba esa teoría, y por eso no quiero esperar con Ragnar.

—Ragnar Stone es el padre de Sóley —dijo Lucas un momento después, mirándola fijamente. No era una pregunta, y Lottie asintió.

—Por lo menos ahora entiendo por qué Islandia —dijo, ladeando la cabeza—. ¿Aún te gusta?

—No —contestó con rapidez—. Bueno, no lo sé. Puede. Pero no es algo consciente. O sea que en realidad, no me gusta como persona.

Otro momento de silencio.

—Vale… entonces, ¿qué te gusta de él? —preguntó, alzando las cejas.

El corazón se le estremeció. Le gustaba su piel. Los músculos de sus brazos y de su pecho. Su olor. Cómo le caía el pelo en la frente cuando bajaba la cabeza para mirarla. El azul intenso de sus ojos.

—No lo sé —mintió—. Me sentí bien con él aquella noche.

Menuda forma de simplificar. Había sido glorioso. Un éxtasis de sabor y tacto que no quería que llegase a su fin. Nunca se había sentido tan completa o tan segura. Cada fibra de su ser, cada átomo de su consciencia, había estado centrado en la presión que el cuerpo de Ragnar ejercía sobre el suyo, en el círculo que sus brazos formaban en torno a ella. Nada más importaba. Y en la estela de aquella noche perfecta, se había sentido completamente segura de él.

Pero ahora sabía que entonces había dado por sentadas cosas, empujada por la prisa y la necesidad. ¿Estaría volviendo a cometer el mismo error yéndose con él a Islandia?

–¿Crees que estoy siendo estúpida?

Su hermano y ella eran muy distintos. Su madre y él eran monógamos en serie. Soltero empedernido y sin necesidad de permanencia o lazos emocionales, le gustaban las mujeres y, seguramente porque siempre era muy sincero, él las gustaba a ellas. La sinceridad era uno de sus puntos fuertes, y necesitaba que lo fuera con ella en aquel momento.

–Hicisteis juntos a Sóley, así que algo bueno debió haber entre los dos –dijo, pero pareció dudar–. Aun así, tienes que tener cuidado y ser muy clara en cuanto al lugar que tú ocupas en todo esto. No compliques lo que ya va a ser una situación bastante compleja con algo que se te escapa de las manos.

Tenía razón. Ragnar y ella habían tenido su oportunidad y no habían conseguido hacerla funcionar, y nada, ni siquiera el hecho de tener una hija de once meses en común, podría cambiar eso.

Cuando su avión privado atravesó lo que podría describirse como una zona sin aire, Ragnar sintió que se le aceleraba el pulso. Pero no por eso, sino por el ligero cambio en el ruido de los motores.

Estaban iniciando el descenso. En menos de treinta minutos aterrizarían en Reikiavik, tomarían el coche y pondrían rumbo a su finca en la península de Troll. Por fin allí podría empezar a conocer a su hija.

Su hija.

Dejó vagar la mirada hasta donde estaba sentada Lottie, mirando por la ventanilla, y frente a ella, tumbada sobre dos asientos, estaba Lottie, abrazada a un viejo muñeco de peluche y con el pulgar en la boca. Contemplándola sintió un dolor en el pecho.

Como esperaba, sus abogados habían insistido en que se hiciera una prueba de paternidad y, también como esperaba, había dado positivo, aunque para él no habría sido necesario hacerla. Sóley era suya, y no solo por el parecido físico. Había un lazo invisible entre ellos, un lazo que empezaba por el ADN pero que iba mucho más allá. Había sabido de su existencia hacía solo dos días, pero sentía ya un incuestionable amor por aquella niña, y una sensación de responsabilidad que no se parecía a nada que hubiese experimentado antes. Eran tan pequeña, tan vulnerable, estaba tan mal equipada para lidiar con el caos implacable de la vida.

Y quien dice caos, dice familia.

Pensó en las complicadas capas de padres e hijos que componían su familia, algunos unidos por la sangre, otros solo por matrimonio. Veleidosos, egoístas e irreflexivos, pero los quería... a todos. Eran una fuerza de la naturaleza, tan llenos de vida, tan apasionados y vitales.

Pero desde que tenía memoria, habían sido para él una tormenta que batía la cima de una montaña. Inconscientes del daño que causaban, continuaban girando y rugiendo y, para sobrevivir, él había elegido, si es que podía decirse así, sentarse fuera de la tormenta. Ser como la montaña, y dejar que los vientos siguieran soplando y aullando en torno a él.

Eso había sido de niño. De adulto, había elegido el papel de mediador y árbitro. Era un papel agotador, a veces desagradecido y siempre interminable, pero era el único modo posible para él porque le permitía llevar una vida tranquila y ordenada, fuera del campo de juego.

Pero ahora tenía la sensación de estar siendo succionado por un nuevo vórtice, un vórtice inevitable que iba a desviarlo de su órbita para que pudiera conocer a su hija.

Y ese vórtice era la familia de Lottie.

Le había bastado con verlos en la galería para pedirle a su jefe de seguridad que iniciara una discreta investigación que había revelado que ambos parecían vivir al margen de todo, sin permanecer más de dos años seguidos en el mismo sitio y sin trabajo o pareja estable.

Por lo menos Lottie tenía una casa, pero la idea de que su hija se criara en el ojo de esa tormenta en particular le ponía tan tenso que antes de darse cuenta, se levantó y atravesó la cabina.

–¿Puedo? –preguntó, señalando el asiento vacío en frente de la niña.

–Claro –replicó Lottie, mirándolo a los ojos no sin cierta reserva–. El avión es tuyo.

Aunque su tono había sonado libre de resentimiento, sus ojos, del color de la miel silvestre que se producía en su finca, reflejaban el descontento que le había provocado su modo de actuar.

Pues su indignación iba a tener que esperar, lo mismo que él había tenido que esperar para saber que había sido padre.

—Solo quiero pasar tiempo con la niña.

Ella frunció el ceño.

—No digo que no, pero tienes una casa en Surrey. No entiendo por qué no podíamos visitarte allí.

—Como ya te dije, me gusta tomarme un par de semanas de descanso para desconectar.

—Y nosotras tenemos que adaptarnos a tu calendario laboral, ¿no? Yo creía que lo importante aquí era nuestra hija y su bienestar.

—Lo era y lo es. Islandia es mi patria, y quiero que mi hija sienta la conexión con el país donde he nacido.

—Ni siquiera tiene un año. No va a saber dónde está.

Estaba enfadada y desconfiaba. Lo percibía en su voz y en la tensión de sus hombros, pero ¿por qué tenía que dejar que su irritación les condujera a una confrontación abierta? ¿Iba a ser así cada vez que hablaran?

—Pero yo sí. Dime, ¿estás siendo terca a propósito, o es que te resulta imposible aceptar que pueda tener un motivo genuino para traer a mi hija hasta aquí?

—Yo no soy terca. Cínica podría ser, pero es que, en mi experiencia, tus motivos suelen ser inestables, siendo generosa.

—¿Y eso qué quiere decir?

—¡Me mentiste aquella noche! —espetó—. Lo tenías todo planeado, pero se te olvidó mencionármelo, igual que se te olvidó decirme que la app era tuya, que la habías creado tú, así que perdona si no encuentro tus palabras demasiado fiables.

Ragnar apretó los dientes.

–¿Crees que lo que ocurrió entre nosotros aquella noche fue una especie de ejercicio de I+D? Entonces, tienes razón. Eres una cínica.

–Y tú, un manipulador.

Los ojos echaban fuego, y la furia y la frustración hacían relucir sus pupilas.

Quería seguir enfadado, enfurecerse con aquellas absurdas acusaciones, pero cuando sus miradas se enzarzaron, en lo único que pudo pensar fue en transformar aquellas llamas en otra clase de fuego, un fuego que derretiría la tensión y la desconfianza que vibraba entre ellos… la misma clase de fuego que los unió aquella noche.

–Contigo, no. No aquella noche. Tuviste todo el poder en tus manos, Lottie, créeme.

Ella abrió los ojos de par en par y se sonrojó. Permanecieron mirándose el uno al otro, atrapados en el hechizo de aquellos recuerdos, hasta que les llegó la voz de la auxiliar de vuelo.

–Señor Stone, señora Dawson, estamos a punto de aterrizar –Sam sonrió a modo de disculpa–. Tienen que abrocharse el cinturón de seguridad. Y el de la pequeña, también.

–Por supuesto.

Respiró hondo. El deseo sobrecogedor e incontrolable que lo había empujado a actuar de un modo tan descuidado veinte meses atrás, seguía allí, y quería a su hija. ¿Cómo iba a sobreponerse a dos fuerzas opuestas, cuando la respuesta de su cuerpo ante Lottie desencadenaba la clase de emoción y desorden que era incompatible con la serenidad que tan decidido estaba a ofrecerle a su hija?

Capítulo 4

ISLANDIA no se parecía en nada a lo que ella se
había imaginado.

Desde su llegada, dos horas antes, el cielo había
cambiado de color tantas veces que había perdido la
cuenta. Pero si el clima era caprichoso, la tierra
misma era de otro mundo.

El campo que estaba viendo a través de la ventanilla del helicóptero parecía de otro planeta. Enormes
masas de piedra que los gigantes podrían utilizar para
jugar al fútbol aparecían en mitad de un campo que
daba la sensación de estar cubierto por un musgo
amarillo brillante, y labrando un camino de varios
metros de ancho iba un río caudaloso.

Era hermosa, extraña y apabullante.

Un poco como Ragnar, con la única diferencia de
que piedras y ríos no te dejaban contantemente con la
sensación de que debías revaluar sus actos.

Había dado por sentado, al parecer inocentemente,
que la casa de Ragnar iba a estar cerca de Reikiavik.
No es que él hubiera dado muchos detalles, pero no se
había imaginado que estaría al límite de la tierra conocida.

Una consulta furtiva en el móvil le había confir-
mado lo peor: su hogar estaba en Tröllaskagi, la península de Troll. Más allá, solo mar hasta llegar al

archipiélago de Svalbard, con la misma densidad de población humana que de osos polares, y luego, nada más hasta llegar al Ártico.

Miró a hurtadillas. Ragnar iba concentrado en la línea del horizonte. Llevaba unos vaqueros sueltos, una chaqueta con algún tipo de aislante, y unas machacadas botas de montaña, la clase de ropa que llevaría un hombre ordinario para dar un paseo por el monte en invierno. Pero no había nada ordinario en Ragnar, y no se refería solo a su riqueza o a su belleza glacial. Había una intensidad en su presencia que, incluso cuando estaba sentado sin más, podía sentirse.

Aunque no siempre se mostraba relajado y despreocupado.

El pulso se le aceleró.

Aun antes de salir de Inglaterra, la idea de estar a solas con él durante tres semanas la había alterado, pero ahora, con su presencia constante, los sentidos se le estaban desbocando.

Pensó en lo ocurrido en el avión. Un momento antes estaban discutiendo y, de pronto, el aire explotó a su alrededor, empujándolos el uno hacia el otro, reteniéndolos, suspendiéndolos en unos segundos donde no había nada más que su mutua e irresistible fascinación.

Se volvió a mirar por la ventanilla. La tierra era cada vez más blanca y el cielo más oscuro. Y de pronto, habían llegado.

Apretó a Sóley contra su cuerpo y bajó a pisar nieve. Ante sí, tenía la casa. Sin el ruido frenético del helicóptero, el silencio parecía rugirle en los oídos.

—Bienvenida a mi hogar.

Ragnar estaba a su lado, el pelo rubio volando en

todas direcciones y con un rayo de sol iluminando su rostro. Parecía impasible y decidido, más un guerrero que vuelve a casa que el presidente de una compañía.

—Entremos —dijo—. Te enseñaré tus habitaciones.

«Hogar» no parecía la palabra adecuada para describir aquello. Era más una guarida, un refugio a kilómetros de cualquier parte, con sus paredes inmaculadas y su madera blanqueada fundiéndose a la perfección con aquel paisaje cubierto de nieve.

El interior tampoco contribuyó a reducir su miedo, en parte por el tamaño de las habitaciones —su casa entera cabría en el vestíbulo— y en parte por la perfección minimalista de la decoración, tan distinta de sus montañas de ropa de bebé puesta a secar y los montones de periódicos esperando que alguien los llevase al contenedor del papel.

Pero ahora que estaba ya allí, no podía ir a ninguna parte.

Estaba atrapada.

Dejó vagar la mirada por el inmenso cristal que constituía una de las paredes del salón, y que iba de techo a suelo. En la distancia, planicies y laderas cubiertas de nieve se extendían hacia un horizonte vacío. No había ni rastro de vida humana. Ni otros edificios, ni carreteras, ni postes de teléfono. Solo cielo, nieve y una sensación de soledad absoluta.

—Esta es la habitación de Sóley.

Estaban en la planta de arriba.

—La luz es más suave en este lado, y hay una preciosa vista de las montañas.

Era una hermosa habitación, la clase de alcoba infantil en colores pastel que aparecería en las mejores revistas. Había una cuna, una mecedora y una cesta de mimbre llena de juguetes suaves. A diferencia del resto de la casa, no estaba pintada en un blanco roto, sino en un delicado lila, exactamente el mismo color que la lavanda que crecía en los campos de detrás de su casa.

Pero no fue el inesperado recordatorio de su casa lo que la hizo quedar tan congelada como si acabase de caer en el hielo, sino las dos fotografías enmarcadas que había en la pared.

–Son mías.

Durante un minuto estuvo demasiado atónita para hacer otra cosa que no fuera mirar, pero poco a poco su cabeza volvió a funcionar.

–¿Las has comprado a través de Rowley?

Él asintió.

Le resultaba muy raro ver algo de su trabajo en aquella casa y de pronto sintió la necesidad de abrazar con más fuerza a su hija. Sabía sin sombra de duda que Ragnar no había comprado su obra como una inversión. Era algo más sutil, más insidioso. Había querido darle dinero, ella se había negado y él había encontrado otro modo más indirecto de salirse con la suya.

–Te devolveré el dinero –tenía que hacerle comprender que no iba a dejarse comprar ni por sus maniobras ni por su riqueza–. En este momento no, pero cuando volvamos a Inglaterra.

Un músculo le tembló en el mentón.

–¿Perdón?

–Las fotografías. Ya te dije que no quería tu dinero, y menos aún tu caridad. Puedes pensar lo que te dé la gana, pero no soy una artista muerta de hambre que vive en una buhardilla.

Cuando terminó de hablar, Sóley se removió, arqueando la espalda e inclinándose hacia el suelo. Había visto un colorido pulpo que asomaba de la cesta de juguetes y quería acercarse, y Lottie agradeció poder dejar de mirarlo al agacharse para ponerla en el suelo.

–Ya.

Hubo un breve silencio.

–¿Puedo preguntarte una cosa? ¿Esto va a ser siempre así, o hay alguna posibilidad, por remota que sea, de que en el futuro pueda hacer o decir algo inocuo, y que tú no te lances a sumar dos más dos y te dé cinco?

–¿Qué quieres decir?

–Pues que no he comprado tu trabajo por hacer caridad. Fui por la mañana a la galería y tú no estabas, así que eché un vistazo sin tener pensado comprar nada, pero cuando vi estas dos y el collage, cambié de opinión. Llamé a Rowley de camino a la oficina –continuó–, y anduve de reuniones todo el día hasta que pude volver a la galería por la tarde.

Miró a Sóley, que había logrado llegar hasta el pulpo y mordía entusiasmada una de sus patitas.

–No esperaba que me creyeras, pero compré tu trabajo por dos razones: primero porque me gustó, y segundo porque quería que Sóley tuviese algo tuyo aquí. Ahora no reconocerá tu trabajo, pero creo que con el tiempo sí, y significará algo para ella.

Lottie se había puesto roja como la grana y tenía un pesado nudo en el estómago. ¿Cómo iba a haber supuesto que sería capaz de hacer algo tan generoso? Hasta aquel momento, su interacción se había limitado a una noche de pasión febril y varios intercambios llenos de tensión. ¿Y qué podía deducir de esos dos encuentros? Pues que el hombre que tenía delante era un amante generoso e intuitivo, pero también que era decidido y frío como el hielo que hacía brillar las moles de granito de su patria.

Todo resultaba contradictorio y ambiguo, pero desde luego no alteraba los hechos: se había precipitado a sacar conclusiones y se había equivocado.

Respiró hondo y lo miró a los ojos.

–Lo siento. Tienes razón. Me he pasado. No es que pretenda poner las cosas difíciles entre nosotros, pero… ¡ay!

Dos manitas le habían agarrado la pierna. Sóley había dejado el pulpo e intentaba ponerse de pie.

–¿Ya camina?

–Casi –contestó. Era un alivio poder cambiar de tema–. En casa tiene un andador de esos con ruedas, y con ayuda puede dar un par de pasos.

Como si quisiera hacer una demostración, la niña levantó un pie, lo mantuvo en alto un instante, quedándose en una sola e inestable pierna, y volvió a apoyarlo cuidadosamente sobre la alfombra como si fuera un caballo ejecutando un ejercicio de doma. Lo intentó con la otra pierna, pero hubo menos suerte y acabó sentada de culo.

–Anda, ven aquí –le dijo, pero su hija tenía otras ideas: gateó hasta Ragnar y se abrazó a su pierna.

–Espera…

–No pasa nada –contestó con suavidad–. ¿Puedo?

Cuando se agachó y tomó en brazos a su hija, Lottie sintió una mezcla de pánico y orgullo. Por un momento la niña miró insegura a Ragnar pero enseguida se abrazó a su cuello y con las manos gordezuelas agarró el pelo rubio que se le rizaba en la nuca.

Su corazón voló hacia lo alto como una cometa en una ráfaga de viento. Era el momento que había imaginado durante tanto tiempo: el padre abrazando a su hija por primera vez, pero nada podría haberla preparado para el lío de emociones que iba a desbordarle el pecho, o la expresión de miedo, asombro y alegría de Ragnar.

—Por aquí se entra a tu habitación.

Ella asintió cuando Ragnar señaló otra puerta.

—He pensado que querrías estar cerca por las noches.

—Gracias.

Le habló con la gratitud que sabía que debía sentir por una habitación magnífica y las increíbles vistas de las montañas, pero le estaba costando sentir otra cosa que no fuera ansiedad.

Él la miraba fijamente.

—Yo estaré abajo si me necesitas.

Lottie asintió rápidamente para ocultar que aquella breve información había hecho que se le acelerara el pulso y que su cabeza recordase otra clase de necesidad compartida.

—Bueno es saberlo —contestó.

El resto del recorrido por la casa transcurrió sin más momentos incómodos, en parte porque ella estaba demasiado atónita como para decir mucho más, y eso que aún no había visto la piscina geotermal interior y exterior, ni los kilómetros de tierra que pertenecían a la casa.

Pretextando cansancio, se retiró a su habitación y dejó que Sóley explorase el contenido de la cesta de juguetes mientras ella contemplaba cómo la luz se iba apagando en el cielo. Era un alivio estar lejos de la tensión sexual que había constantemente entre ellos, pero la hora de la cena de Sóley no tardó en llegar.

Con todos los demás cambios que estaba habiendo en su vida, quería mantener las rutinas de la niña tan estables como fuera posible, en particular las horas de las comidas, pero aventurarse a bajar requería un esfuerzo de voluntad.

La cocina era gris, grande e inmaculada. Signy, el ama de llaves de Ragnar, le mostró dónde estaba todo y cómo hacer funcionar aquella cocina profesional.

—Si hay algo que necesite y no haya, dígamelo y lo pediré —sonrió.

—Gracias, pero creo que lo tiene todo —contestó, comparando sus armarios medio vacíos con aquellas estanterías bien abastecidas.

Sóley se sentía menos intimidada por la mejora de su entorno que ella. Entusiasmada con su trona nueva, se comportaba exactamente igual que en casa, interpretando un solo de tambor con su vaso y riéndose cada vez que soplaba y un guisante salía de su boca.

Lottie también se estaba riendo, de modo que no se dio cuenta de que Ragnar se había unido a ellas hasta que le oyó decir:

—No sabía que las verduras podían ser tan divertidas.

—Tampoco ella hasta la semana pasada —contestó con una sonrisa un poco tensa—. Es lo último que ha aprendido a hacer.

Sóley ya se había acabado el puré de patatas con guisantes, así que se levantó para retirar el bol.

—¿Puede tomar postre, o es pronto aún?

—Sí que puede.

Hubo una pequeña pausa e intentó no sentirse traicionada, lo cual era ridículo, porque Ragnar tomó una cuchara y su hija abrió obedientemente la boca para que le diera el yogur.

Estaban estableciendo lazos y eso era lo que quería, ¿no? ¿Por qué entonces tenía que dolerle tanto? Quizás porque le recordaba que ella no había sido capaz de lograrlo con Alistair. O quizás porque haber dejado de ser el único centro de atención de aquel doble de Thor le escocía un poco.

Odiaba sentirse así, y le odiaba a él por despertar tantas emociones ambivalentes. Ojalá pudiera estar lejos de su órbita.

—Voy a subirla a su habitación y prepararla para dormir —dijo, soltándole el cinturón de seguridad.

Sabía que estaba esperando que lo invitara a acompañarlas y que estaba siendo mala por no hacerlo, pero no lograba que las palabras se formasen en sus labios. Y él se limitó a asentir.

—Subiré a darle las buenas noches dentro de un ratito.

A Sóley solía encantarle el baño, pero aquella noche los ojitos se le cerraban cuando su madre comenzó a desnudarla, y apenas se había tomado medio biberón cuando se quedó dormida.

Con cuidado la pasó a la cuna y apagó la luz, pero ¿dónde estaba su osito? El señor Shishkin había sido un regalo de Lucas, y Sóley no podía dormir sin él. Volvió sobre sus pasos, pero no estaba ni en el baño ni en su cama.

Al volver a entrar en la habitación de su hija, se quedó inmóvil. Ragnar se inclinaba sobre la cuna.

—¿Qué estás haciendo?

El corazón le latía desaforadamente.

Ragnar se incorporó para mirarla en aquella semi oscuridad.

—Lo he encontrado abajo —dijo, mostrándole algo que enseguida reconoció—. Durante el viaje me he dado cuenta de que está muy unida a él, y he pensado que podía necesitarlo para dormir. ¿Es chica o chico? No he mirado, la verdad.

Vio que sus labios dibujaban una leve sonrisa y aunque sabía que no podía tener de verdad mariposas en el estómago, entendió lo que la gente quería decir con aquella frase, porque tuvo la sensación de que cientos de mariposas revoloteaban dentro de ella.

—Es un chico. Se llama señor Shishkin. Por Ivan Shishkin, el artista ruso —añadió—. Es una larga historia, pero cuando yo tenía unos catorce años, Lucas fue a Rusia con unos amigos y me envió una postal que reproducía un cuadro de Shishkin en el que aparecen unos osos subiendo en un bosque. Cuando nació Sóley le regaló el osito, así que… gracias por subirlo.

Sonriendo, se adelantó y colocó el muñeco bajo el brazo de su hija.

—No tienes por qué dármelas. De hecho, debería ser yo quien te las diera.

—¿Por qué?

Abrió la puerta para que salieran y la cerró despacio.

—Por dejarme entrar. Sé que para ti no puede ser fácil compartirla conmigo, o permitir que me acerque, así que te doy las gracias. Y si no lo he dicho ya, gracias por decírmelo. Si no lo hubieras hecho, dejando tus sentimientos personales a un lado… nunca habría sabido de su existencia.

Estaba hablando con el corazón. Lo notaba en su voz. Pero no era eso lo que le estaba erizando el vello de la piel.

—¿A qué te refieres con mis sentimientos personales?

—A que no te gusto demasiado —respondió él.

—Yo… no es eso… no es que no me gustes. Es que…

—¿No confías en mí? —terminó la frase por ella.

Hubo una breve pausa.

—Supongo que no.

—Lo entiendo, pero si queremos que esto funcione, lo de los tres, es necesario que eso cambie, y voy a hacer lo que sea necesario para que cambie y confíes en mí. Y creo que el mejor modo de lograrlo es hablando y siendo sinceros el uno con el otro.

Ella lo miró sin decir nada. El azul de sus ojos era tan claro e imperturbable que sintió cómo su cuerpo quería acercarse para zambullirse en sus profundidades.

—¿Por qué no empezamos mientras cenamos?

Cenar. La palabra le hizo pensar en luces suaves, vino tinto, sus manos en su pelo, su boca rozando la curva de sus labios, robándole el aliento…

—Quería acostarme pronto —respondió, cautelosa—. Ha sido un día muy largo.

Él la miró fijamente.

—No estando en Islandia. Por favor, Lottie —añadió con suavidad—. Podemos cenar y charlar al mismo tiempo. Signy nos la ha dejado preparada.

¿Quién podía resistirse a una invitación verbalizada de ese modo?

Una hora más tarde, con el monótono contenido de

su maleta extendido sobre la cama, estaba empezando a lamentar su decisión. No es que le importase lo que Ragnar pudiera pensar, o no demasiado, pero es que era difícil saber qué debía ponerse. En casa, en su pequeña y destartalada casita de campo, con Lucas, se pondría varias capas y ya, pero Lucas era su hermano. Y tampoco quería dar la impresión de que se preocupaba demasiado.

Al final se decidió por unos vaqueros ajustados grises y un jersey negro de ochos, y se peinó con un poco más de atención su habitual coleta baja.

Pensaba que cenarían en la cocina, pero se encontró con que la mesa se había dispuesto para dos en la zona de comedor del inmenso salón. La mesa era sorprendente, quizás fabricada con algún material industrial. Fibra de carbono, quizás. Parecía más la pieza de un avión que algo sobre lo que comer.

Respiró hondo. Cena para dos.

Menos mal que por lo menos no estaban a la luz de las velas.

Había una iluminación suave que provenía de una enorme chimenea negra suspendida desde el techo y que rotaba lentamente sobre sí misma. Todos los muebles parecían distintos con esa luz, menos angulosos y duros, más acogedores…

Ragnar estaba al fondo de la habitación. Parecía un retrato monocromo, con sus vaqueros y su jersey negros que ofrecían un marcado contraste con el dorado blanqueado de su pelo y de su barba incipiente, y Lottie sintió que el cuerpo se le cargaba de deseo al avanzar hacia él.

—¿Tienes hambre?

Ella lo miró con la boca seca.

–Mucha.

–Entonces, cenemos –le ofreció, mirándola fijamente a los ojos.

La cena fue sencilla pero deliciosa. Champiñones con mantequilla y hojas de abedul, cordero con patatas caramelizadas y helado flambeado con hojas de laurel, acompañado con un vino delicioso.

Ambos se esforzaron por evitar temas conflictivos así que, a pesar de sus reservas iniciales, acabó relajándose. Ragnar no se parecía a ningún otro hombre que conociera. En su experiencia, los hombres bien no sabían hablar de cosas banales, o tenían temas a los que volvían una y otra vez pero Ragnar, aunque sus respuestas eran breves, charlaba animadamente de cualquier cosa.

Aunque de lo que más quería hablar era de su hija.

Cuando Signy retiraba ya los platos de la mesa, se recostó en la silla.

–Ha debido ser duro criar a un bebé tú sola y dedicarte a tu carrera al mismo tiempo –dijo, mirándola a los ojos–. Pero quiero que sepas que ya no estás sola. Estoy aquí para apoyarte en lo que pueda.

Una hora antes se había sentido amenazada por la facilidad con que su hija había aceptado a Ragnar, pero ahora le resultaba reconfortante saber que iba a estar a su lado.

–Gracias. Pero no creas que todo ha sido malo. Ya te he dicho que mi familia se ha portado de maravilla y Sóley es una niña muy fácil. Se parece más a Lucas que a mí en ese sentido.

Su gesto cambió y Lottie se preguntó por qué, pero antes de que pudiera tener ocasión de especular, Ragnar dijo:

–¿En qué se parece a ti?

–No sé –contestó. Nunca se había parado a pensarlo.

El corazón había empezado a latirle más deprisa, y sintió un pánico inexplicable, como si estuviera mirando por el extremo equivocado de un telescopio y se viera encoger.

–Yo sí.

Levantó la mirada. Ragnar la observaba.

–Tiene tu misma determinación. Incluso se le hace la misma arruguita que a ti –estiró el brazo y le tocó la frente– cuando se concentra.

El corazón le iba ya demasiado rápido, pero no de miedo, sino de una extraña felicidad. Ragnar tenía razón. Fruncía el ceño cuando se concentraba, y que se hubiera dado cuenta la dejó sin aliento.

–No solo mira las cosas o a las personas, sino que les presta toda su atención. Es como si ya se hubiera dado cuenta de que hay algo más, algo que no está a primera vista.

Acarició delicadamente su pelo y luego rozó su mejilla en una caricia cálida, sólida y tan irresistible que se encontró apoyando la mejilla en su mano.

Podía verse en el negro de sus pupilas, ver reflejado en ellas su necesidad y su deseo, sintiendo al mismo tiempo que ese deseo era correspondido.

A su alrededor, las luces parecían girar como en un carrusel. Quizás había bebido demasiado vino, pero al mirar su copa la encontró llena. Su embriaguez no provenía del licor.

Con una mano temblorosa fue a servirse agua, pero él se le adelantó.

–Déjame a mí.

–Debe ser el cansancio–se disculpó–. Perdona.

–Si quieres dejamos el postre.

Ella asintió y él se sacó del bolsillo un sobre.

–Quiero darte esto. No es urgente, pero me gustaría que le echases un vistazo cuando tengas un momento.

–¿Qué es?

Sus ojos eran de un azul glacial.

–Es una carta de mis abogados, una especie de resumen de mi relación futura con Sóley.

Sintió como si tuviera los pulmones en llamas. Qué idiota era, se dijo, mirando la habitación como si la viera por primera vez, incapaz de ver lo que estaba ocurriendo delante mismo de sus narices.

¡Pero si hasta le había revelado sus planes! «Voy a hacer lo que sea necesario para ganarme tu confianza».

Había bajado la guardia y él, como cualquier empresario que se preciara, había seguido adelante con su agenda, implacable. Hablaba de apoyo, pero en realidad quería control.

Pensó en la habitación de Sóley, con su trabajo colgado en la pared. Se había dejado distraer, pero aquella preciosa habitación era un mensaje que hablaba a gritos del futuro, un futuro en el que a su hija iría a recogerla un chófer que la llevaría hasta el avión privado para que pasara tiempo con su padre. Unos viajes que a ella no la incluirían.

El corazón se le encogió. ¿Por qué seguía ocurriendo lo mismo? Había ido a conocer a su padre y había descubierto que no la necesitaba y ahora, después de haberle presentado a su hija, Ragnar intentaba expulsarla de la vida de Sóley.

Pues ya podía ir cambiando de planes.

Tiró del sobre y se levantó.

—Se lo llevaré a mi abogado.

Era un farol. Por supuesto que no tenía abogado, pero quería que experimentase, aunque fuera solo por un instante, lo que ella estaba sintiendo, el mismo pánico y la misma indefensión.

Y dando media vuelta, salió de la habitación. Ojalá pudiera salir de su vida con la misma facilidad.

Capítulo 5

QUÉ HABÍA pasado? La cabeza le iba a explotar. Lottie le había dejado plantado en mitad de todo, con las palabras que quería decirle ya en los labios.

En parte quería salir corriendo tras ella y exigirle que se comportara como la adulta que su hija necesitaba que fuera, pero ¿para qué serviría, si no sabía qué tenía que decirle?

Es más: no tenía ni idea de cómo una noche que había empezado de un modo tan prometedor había terminado con ella huyendo de él como un gato del agua hirviendo.

Se pasó las manos por la cara. Su reacción no tenía sentido.

Hacía un rato, delante de la habitación de su hija, le había dejado claro que quería ser sincero con ella y le había parecido que estaban en la misma página, por primera vez desde que sus vidas habían vuelto a cruzarse.

Cierto que la elección del momento para entregarle la carta no había sido la mejor, pero le parecía que se había relajado un poco durante la cena.

Es más, había empezado a recordar la noche en que se conocieron, unas horas que tenía grabadas a fuego en la memoria.

Cuando la vio por primera vez, pensó que era igual a la foto que había subido a su app, igual pero al mismo tiempo, completamente distinta. Su pelo era castaño claro, pero la lente de la cámara no había podido captar los matices dorados y cobrizos, lo mismo que tampoco había reflejado la dulzura de su mirada o de su sonrisa. Y por supuesto, imposible que captara la calidad de su voz.

Podría haberle estado leyendo el listín telefónico, que no se habría enterado. Lo mismo le había ocurrido antes cuando le hablaba de la niña. No había querido romper el hechizo. En realidad no habría podido. Se había pasado la velada esforzándose por no acercarse y besarla. Pero no tenía sentido ya imaginarse cómo serían aquellos labios rozando los suyos, así que tomó su copa de vino y la apuró.

Decidió apagar las luces y subir a su habitación, y estaba ya desabrochándose los pantalones cuando el teléfono comenzó a vibrar.

Maldijo entre dientes. Sería Marta, su medio hermana. Tenía diecinueve años y últimamente se estaba ganando a pulso, en un campo plagado de duros rivales, el título de ser la persona más exigente con él de toda su familia.

Quería mucho a su hermana, pero, desde la ruptura del matrimonio de sus padres, su vida giraba fuera de control. La policía la había hecho una advertencia por conducción temeraria, y su novio y ella se habían visto envueltos en una discusión con algunos fotógrafos, todo ello debidamente documentado en las revistas del corazón.

Lo que necesitaba era un guía y seguridad.

Más bien, lo que necesitaba era un padre y Nathan,

que ya había vuelto a casarse con una modelo aspi-
rante a actriz, estaba obnubilado por el nacimiento
inminente de su nueva hija.

También necesitaba a su madre, que compartía con
él, pero Elin estaba demasiado ocupada con su corte
de estilistas y entrenadores personales como para lidiar con una hija difícil.

Pero, ¿por qué significaba eso que Marta pasaba a
ser problema suyo?

—Marta…

Antes de que pudiera decir una palabra más, la oyó
sollozar, intercalando lágrimas con palabras.

—Ragnar… ¡la odio, Ragnar! No me escucha. No
es culpa mía. No puedo soportar seguir viviendo aquí.
¡Tienes que hablar con ella!

Y rompió a llorar.

Apartando momentáneamente el cansancio que lo
asediaba, se acercó a la ventana, preguntándose qué
habría pasado exactamente en aquella ocasión, y si su
hermana se habría parado a considerar que podía estar
durmiendo.

—¿Mejor? —le preguntó después de esperar a que se
calmase—. Vale, ahora cuéntame qué ha pasado.

Era una historia muy sencilla. Según Marta, ella
era la víctima, su padre y su madre los malvados y él,
el rescatador.

—Es horrible, y estoy harta de que actúe como si
todo girase en torno a ella.

—No todo gira en torno a ella, pero acaba de perder
a su marido —le recordó con suavidad.

—¡No se ha muerto! —estalló—. Acaba de liarse con
ese bicho palo en Calabasas. Y además, es una hipó-
crita. Le importó un comino que Frank se largara.

Eso era verdad, al menos hasta cierto punto. Elin se había desprendido de su cuarto marido, Frank, sin tan siquiera mirar atrás, pero quizás esperase que el quinto fuera el último. O quizás no. Rara vez se sentía satisfecha con algo o con alguien durante mucho tiempo.

—Creo que lo que las dos necesitáis es un poco de espacio.

Lamerton estaría vacía durante tres semanas, y en su familia, tres semanas era el equivalente de una década de drama, pero a corto plazo, interponer un continente de distancia entre su madre y su hermana impediría que se mataran la una a la otra.

—Mira, si necesitas un sitio en el que quedarte, ve a Lamerton. Estoy seguro de que encontrarás algo que te divierta en Londres —«o a alguien», pensó—. Y, si no quieres ver a nadie, puedes relajarte en la finca.

—Ay, Ragnar, ¿lo dices en serio? ¡Eres un ángel!

Al oír su entusiasmo, estuvo a punto de cambiar de opinión. Una casa vacía, a kilómetros de cualquier parte, y una excitable Marta sin supervisión no eran una buena combinación, pero ahora que ya había plantado la semilla, sería imposible arrancar esa idea de su cabeza.

—No pienses que, porque estés sola, vas a saltarte a la torera las normas, Marta. Serás educada con John y Francesca. No están allí para soportar tus historias o tus rabietas —hizo una pausa—. En condiciones normales te diría que trataras mi casa como si fuera la tuya propia, pero en tu caso… en tu caso —repitió cuando ella empezó a protestar—, te pido que no lo hagas. Y ni se te ocurra, repito, ni se te ocurra, hacer una fiesta. Y por fiesta me refiero a una reunión de gente que vaya más allá de otra persona y tú.

Hubo un breve silencio.

–Vale –suspiró–. Seré educada y no liaré ninguna. Y, obviamente, no se me ocurriría montar una fiesta en tu casa.

–Bueno –miró su reloj–, te dejo para que llames a Elin. Dime cuándo te vas a ir y enviaré a John a buscarte.

–Gracias, Ragnar –su voz se suavizó–. ¿Crees que podrías llamarla tú? Se lo tomará mejor si se lo dices tú.

No iba a hablar con su madre en aquel momento. Se iba a la cama.

Pasó brevemente por la ducha y se puso el pantalón suelto de algodón con el que solía dormir.

Cuando se quitaba el reloj, lo oyó.

El llanto de un bebé.

Al poco cesó. Apagó la luz, cerró los ojos y se tumbó de lado.

Se despertó sobresaltado.

Palpando alcanzó su reloj. Eran poco más de las dos y media. ¿Por qué se había despertado?

Entonces lo oyó: el mismo e inconfundible lamento de antes. Durante unos segundos permaneció inmóvil en la oscuridad, oyendo llorar a su hija. Pero en aquella ocasión no parecía que fuese a cesar en breve. Más bien su llanto parecía ir cobrando intensidad.

¿Había llorado así antes?

En realidad, no. Un poco en el avión, pero más bien una queja que llanto. Sintió en el pecho el peso de la tensión, se incorporó y encendió la luz de la mesilla.

Eran las tres menos diez. ¿No era mucho tiempo para que un bebé estuviera llorando de seguido?

Intentó recordar a sus hermanos a la edad de Sóley,

pero los adultos de su vida siempre habían tenido a mano una cuidadora que se los llevara.

Antes parecía estar bien, pero algo estaba ocurriendo y, sin saber casi lo que hacía, se levantó de la cama y salió de la alcoba.

El llanto era más y más fuerte a medida que se iba acercando. Se quedó parado delante de la puerta de la habitación de su hija, pero cuando el llanto volvió, la abrió.

Lottie estaba de pie en el centro de la habitación, de espaldas a él, con una especie de bata y el pelo suelto. Mecía suavemente a la niña, intentando calmarla con sonidos suaves, y cuando la llamó por su nombre, se dio la vuelta con los ojos muy abiertos.

–¿Va todo bien?

No. No hacía falta ser un experto en el cuidado de los niños para ver que Sóley no estaba bien y Lottie, tampoco.

La niña tenía las mejillas muy coloradas y surcadas de lágrimas y se acurrucaba en el hombro de su madre como si fuera algún pequeño mamífero hasta que, de pronto, se echaba hacia atrás con la carita contraída por una furia inconsolable.

Lottie estaba pálida y parecía agotada.

–Está echando los dientes.

La niña dio un respingo y golpeó a su madre en la barbilla. Inmediatamente volvió a llorar.

Ragnar dio un paso hacia delante.

–Trae, déjamela.

–No –contestó, retrocediendo–. No te he pedido ayuda y no la quiero.

Percibió el cansancio en su voz y algo que parecía... miedo.

¿Por qué iba a estar asustada?

—Lottie, sé que no necesitas mi ayuda. Por supuesto que no. Te las has arreglado sola durante once meses, y yo no quiero interferir, de verdad. Solo dime qué puedo hacer y lo haré.

—Puedes irte. Eso es lo que puedes hacer.

Ragnar controló su brote de furia. Antes ella se había enfadado por la carta de sus abogados, y ahora le estaba atacando como una leona acorralada con su cachorro. ¿Cómo debía hacerlo para poder formar parte de la vida de su hija?

Como si la niña hubiera podido escuchar sus pensamientos, levantó la cabeza, clavó sus ojos azules en él y le tendió los brazos. Muy sorprendido él hizo lo mismo con la intención de devolvérsela a Lottie, pero sus manitas ya se habían aferrado a su cuello y sintió que el corazón le inundaba el pecho al ver cómo apoyaba la cabecita en su hombro y empezaba a relajarse.

Sentía su cuerpo acalorado y tenso, pero después de un momento notó como que pesaba más y, automáticamente, comenzó a mecerla en los brazos conteniendo el aliento, toda su atención en la suavidad de su mejilla.

—Ten —Lottie cubrió a la niña con una mantita—. Cuando la dejes en la cuna, colócala de lado.

Muy despacio se inclinó para dejarla sobre el colchón. Cuando apartó las manos de su cuerpo, la niña dio un respingo y abrió las manitas como una estrella de mar que se hubiera llevado un susto, pero luego suspiró temblorosa, su respiración se calmó y se quedó tranquila.

El alivio y el entusiasmo que experimentó fueron tremendos y miró a Lottie. No había sido trabajo de equipo, pero por primera vez habían trabajado juntos como padres. Quería compartir el momento con ella y, absurdamente, había dado por sentado o había deseado que ella sintiera lo mismo.

Pero parecía distante y retraída, deseando que se marchase. Tendría que ser un idiota para no darse cuenta de lo mucho que debía haberle molestado que la niña se acomodase en sus brazos, pero también podía dar un paso atrás y recorrer cada uno la mitad del camino. Al parecer, no iba a ser así.

—Debería… deberíamos dormir un rato –dijo, hosca.

Estaba teniendo que contener su temperamento como si se tratara de un caballo terco, pero ya había llegado a su tope de conversaciones con mujeres irracionales e infantiles de modo que, sin decir una palabra, salió de la habitación.

Lottie respiró hondo cuando la puerta se cerró. Quería gritar y rabiar como su hija. El cuerpo entero le dolía. Sabía que estaba siendo irracional y caprichosa, y que debería alegrarse de que Ragnar fuera un padre de los que se remangan, pero estaba sufriendo tanto que no había sitio para ningún otro sentimiento.

Se había quedado pasmada al ver a la niña echarle así los brazos. Siempre la había elegido a ella por encima de cualquier otra persona y, viendo cómo la había calmado, se dijo que no importaba. Que era lo que tenía que ocurrir y lo que ella quería que ocurriese, y que además no le importaba.

Pero era todo lo contrario. Hacía que se sintiera vacía y fría, como si una enorme nube negra tapara el sol. ¿Por qué? ¿Por qué invitarlo a participar para luego mantenerlo a una vara de distancia?

Estaba hecha un lío.

Ojalá estuviera en su casa. Bajaría a la cocina y pondría agua a calentar. Y quizás Lucas se despertaría y bajaría también a sentarse a la mesa y contarle alguna historia loca de las que le ocurrían a diario.

Pensar en la familia y en su casa no la iba a ayudar. Necesitaba dormir, pero pensar en meterse en la cama a oscuras y esperar a que llegase el sueño le resultaba descorazonador. ¿Y si se preparara un té? Tendría que bajar, pero era lo mismo que habría hecho en su casa.

Con el intercomunicador del bebé y utilizando la linterna del móvil para guiarse, bajó a la cocina. Menos mal que se acordaba de dónde se encendía la luz.

Signy le había mostrado como utilizar la cafetera de acero de último diseño, pero café era lo último que necesitaba.

—¿Qué haces?

Una corriente eléctrica le recorrió la espalda y se giró. Ragnar estaba de pie al otro lado de la cocina, observándola.

Arriba, con Sóley gritando y sus nervios de punta, no se había parado a pensar en lo que llevaba puesto… o mejor dicho, en lo que no llevaba, pero ahora, en la quietud de la cocina, era difícil apartar la mirada de su pecho suave y musculoso, y de la línea de vello dorado que se ocultaba bajo la cinturilla de sus pantalones.

¿Y ella, qué llevaba? Bajó la mirada. ¿Había encogido su bata, o siempre había enseñado tanta pierna con ella?

—Estoy intentando encontrar las bolsitas de té. Signy me lo dijo, pero no me acuerdo de dónde están.

–Yo sé dónde están –contestó, cruzando la cocina–. ¿Algún sabor en particular?

Ella se encogió de hombros. En cuanto él se dio la vuelta, se cruzó más la bata y tiró de ella hacia abajo.

–Manzanilla. O poleo. Puedo hacérmelo yo.

Hubo un instante de silencio.

–Estoy seguro de que puedes.

Le vio llenar una taza de agua hirviendo de la máquina.

–Ya lo tenemos –dijo, y depositó una tetera en la encimera.

Lottie miró las tazas. Dos tazas.

–He pensado tomarme uno yo también –dijo, mirándola a los ojos–. A menos que tengas algo que objetar.

Se sentó en uno de los taburetes.

–¿Importaría que lo tuviera?

–Depende de qué objeción fuera.

–Hablas como un abogado.

–Aquí no estás a juicio, Lottie.

–¿Ah, no? Pues no es esa la sensación que yo tengo.

–No estoy de acuerdo –replicó, mirándola fijamente.

–Ya. Ahora me dices tú a mí cómo me siento.

–Yo no he dicho eso.

–Pues ha sonado exactamente así –espetó, frunciendo el ceño.

Ragnar suspiró.

–Si alguien está a juicio aquí soy yo, aunque he de decirte que no sé exactamente de qué se me acusa.

La rabia amenazaba con desbordarla. No podía estar hablando en serio.

–Aparte de arrinconarme y amenazarme con abogados a la menor oportunidad, querrás decir.

–No había nada amenazador en la carta, algo que tú también sabrías si te hubieras molestado en leerla. Pero claro, ¿para qué leerla, si ya te has formado una opinión?

Había hablado con serenidad, pero la exasperación palpitaba bajo la superficie.

¿Y por qué iba a sentirse frustrado él? Ella era la que estaba perdiendo el control de su vida y de su hija. Y era una ingenuidad por su parte decir que la carta no era amenazadora. Aunque no lo fuera, el hecho de que tuviese abogados que saltarían en cuanto él descolgase el teléfono resultaba intimidante, y tenía que saberlo.

–Dices que no quieres escalar las cosas, y que solo pretendes lo mejor para Sóley…

–Y es cierto –la interrumpió.

–Pues no estoy de acuerdo. Tú solo buscas lo mejor para ti bajo tus condiciones. Dónde nos encontramos. Cuándo nos encontramos. Estas vacaciones… incluso hablaste con Georgina a mis espaldas.

–Por pura cortesía –sus ojos eran como lascas de hielo ártico–. Y si no lo hubiera hecho, si lo hubiera dejado en tus manos, aún estaría esperando para conocer a mi hija.

Lo miró boquiabierta. ¡Aquel hombre era increíble! ¿Cómo podía ser tan injusto? ¿Cómo podía estar tan pagado de sí mismo?

–Por si lo has olvidado, fui yo la que se puso en contacto contigo.

–No, no lo he olvidado, pero no entiendo por qué te molestaste en hacerlo.

–¡Ya sabes por qué! Para que pudieras conocer a Sóley.

–Pero en realidad no quieres que la conozca. ¿Qué es exactamente lo que quieres de mí? Cuando se me ocurrió ofrecerte ayuda económica, pusiste el grito en el cielo y, si me ofrezco a tener en brazos a mi hija, sales corriendo. Mira lo que ha ocurrido esta noche, sin ir más lejos. Quería ayudar y tú solo querías echarme.

En eso tenía razón, y seguramente, desde su perspectiva, carecía de sentido. Respiró hondo.

–¿Crees que era la primera vez que lloraba?

–Claro que no, y no estoy poniendo en tela de juicio tu capacidad como madre. Sé que puedes manejar la situación, pero no sé por qué crees que tienes que hacerlo sola.

Sintió un zumbido en los oídos. De todas las preguntas que podía haberle hecho, aquella era la que más dolía. ¿Cómo explicarle a aquel desconocido de ojos de hielo que no necesitaba a nadie, cómo se sentía ella?

El nacimiento de su hija la había hecho sentirse completa y necesaria, borrando en parte el escozor del rechazo de su padre y la sensación siempre presente de no pertenecer al grupo que formaban su madre y su hermano.

Luego lo había visto en televisión y, dejándose llevar por la culpa y el deseo de hacer lo correcto, se había puesto en contacto con él. Quizás era lo que debía hacer, pero ahora sentía que era un error.

–No importa.

Apartó la silla. La voz le temblaba y las manos también. Quería marcharse, esconderse en algún lugar tranquilo y oscuro donde la soledad que la devoraba no pudiera acabar de engullirla.

–A mí sí me importa.

Ragnar se había puesto de pie, pero no era eso lo que le había hecho dudar, sino la intensidad con que había pronunciado aquellas palabras, casi como si se las hubieran arrancado en contra de su voluntad.

–Tengo que irme.

–¿Qué te pasa?

–Nada. Estoy cansada.

–¿Cansada de qué?

La suavidad de su voz y la pregunta en sí la sorprendieron.

–No lo sé –mintió.

No podía decirle la verdad. ¿Cómo explicarle el viaje caótico y enrevesado que la había llevado hasta allí, hasta su cocina, hasta aquel hombre que vivía por los números?

Pero si había creído que el silencio iba a ser la respuesta a su pregunta, se equivocaba. Al alzar de nuevo la mirada lo encontró esperando, decidido a aguardar lo que hiciera falta, y el hecho de que estuviera dispuesto a hacerlo aflojó la tensión que le cerraba la garganta.

–Es una estupidez… y es injusto también.

–¿El qué?

–No es culpa suya. No es culpa ni de mi madre ni de Lucas, que yo me sienta como una extraña cuando están los dos juntos.

Él la miró fijamente.

–Creía que estabas unida a ellos.

–Y lo estoy. Los quiero, y ellos me quieren, pero es que somos tan distintos… sé que sonará ridículo, y no espero que lo comprendas, pero siento que, aunque son mi familia, no encajo.

Ragnar tardó un momento en contestar.

–No, sí que lo entiendo.

Lottie respiró hondo.

–Durante mucho tiempo pensé que yo debía parecerme a mi padre. Mi madre no le dijo que estaba embarazada de mí, y yo estaba convencida de que, si lo conocía, habría un momento de reconocimiento, de conexión entre nosotros.

La voz le temblaba. El recuerdo de aquel encuentro que la había pillado desprevenida, el sentimiento de fracaso, de desilusión, no había disminuido con el tiempo.

–¿Y no fue así?

–Era demasiado tarde. Ya no había nada. Éramos como leña mojada –apretó las manos e intentó sonreír–. Por eso quería que Sóley te conociera ahora, cuando aún tienes sitio para ella.

–Habría dado igual cuándo me lo dijeras. Siempre habría tenido sitio para ella.

El corazón se le aceleró cuando él tomó sus manos y entrelazó los dedos.

–Pero eso no quiere decir que no haya sitio para ti también.

Iba a protestar, a decirle que la había entendido mal, pero luego recordó cómo se había sentido cuando su hija le echó los brazos.

–No quiero perderla.

–Y no la perderás –soltó sus manos y la sujetó por los hombros–. No puedes perderla. Te quiere y te necesita más que a nadie en el mundo. Eres su madre.

–Y tú su padre. Perdóname por haberte echado–dijo al fin.

–Estoy aquí, y no voy a ir a ninguna parte –contestó él, con aquellos ojos de un azul tan profundo como el cielo ártico.

–Sé que te lo he puesto todo muy difícil, y no era lo que quería… no es lo que quiero hacer, pero…

Se interrumpió, y ambos quedaron callados. Pasó un minuto, y después, otro.

–¿Qué, Lottie? ¿Qué quieres hacer?

Ella lo miró dubitativa. Tenía un nudo en la lengua y no respiraba bien. Estaba perdiendo el equilibrio. Con intención de sujetarse, extendió el brazo y puso la mano en su pecho.

Él contuvo la respiración.

–¿Que qué quiero? –susurró.

Por un instante se miraron el uno al otro y luego ella dio un pasito hacia él.

–Quiero esto –dijo, y lo besó suavemente en los labios.

Sintió que las piernas no la sujetaban cuando él le rodeó la cintura con un brazo y tiró de ella hasta pegarla a su cuerpo.

El calor atravesaba el tejido de su bata y se extendía desde la presión de sus dedos y, con un gemido, le rodeó el cuello con los brazos y abrió los labios.

Sintió que Ragnar deslizaba las manos sobre la piel desnuda de sus muslos y la subía a la encimera. El granito era duro y frío, pero no lo notó. Estaba besándola el cuello, lamiendo el pulso que temblaba en su base, y de pronto tomó sus senos en las manos, apartó la tela del pijama y llegó a sus pezones.

La cabeza le daba vueltas, el abdomen le dolía con una tensión que la obligaba a removerse inquieta. Estaba tan tensa y tan mojada que rodeó con las piernas sus caderas, acercándolo, presionando contra la sólida forma que había detrás de los pantalones, deseando, necesitando aplacar la necesidad…

Un ruido de electricidad estática sonó como lo haría un relámpago.

Ambos se quedaron inmóviles primero, y luego se separaron como si algo los hubiera picado.

Lottie se agarró al borde de la encimera y cerró los ojos. ¿Qué estaban haciendo? ¿Qué estaba haciendo ella?

–Lottie…

Ragnar estaba a su lado, pero miraba con aire de culpabilidad el intercomunicador.

–Tengo que irme.

Lo miró. Tenía la respiración alterada y la miraba fijamente. Parecía tan aturdido como ella, pero en aquel momento no estaba preparada para compartir nada con él.

–No puedo –dijo, negando con la cabeza.

Rápidamente recogió el intercomunicador y salió corriendo.

Capítulo 6

D E PIE ante la ventana de su dormitorio, Ragnar contempló sin parpadear aquella luz color limón. En algún momento había caído una buena nevada y un manto de nieve blanca inmaculada se extendía desde la casa hasta donde se perdía la vista.

Se había despertado tarde y respiró hondo. Desde que tenía catorce años no dormía tanto. Y aquel no era el único parecido con su adolescencia. El cuerpo se le endureció al repasar mentalmente el vídeo en el momento en que Lottie le había puesto las manos en el pecho, y tuvo que hacer clic en el botón de pausa.

Desde que sus vidas habían vuelto a entrar en contacto, los dos sabían lo que iba a ocurrir. De hecho, utilizaban la ira para desinflar su deseo, pero cada vez que discutían, aquel apetito desbancaba un poco más la rabia, hasta que al final todo se había vuelto demasiado tentador, demasiado inevitable, demasiado imposible de resistir. Igual que cuando se tiene un diente suelto y eres incapaz de dejar de empujarlo con la punta de la lengua.

El beso había sido apasionado, tierno e incontrolable, un beso alimentado por la necesidad y el apetito que había ardido en su interior como lava.

Era la primera vez que lo reconocía, y era un misterio que hubiese tardado tanto, teniendo en cuenta que parecía estar pensando en Lottie cada vez que tenía una breve pausa en el día, y a lo largo del silencio de la noche.

En resumen: los dos se deseaban, pero ¿dónde los conduciría eso?

La llamada insistente de su teléfono le obligó a apartar la mirada de la ventana y del camino confuso y circular de sus pensamientos. Recogió el teléfono de la cama y se quedó inmóvil mirando la pantalla. Era su madre.

La había llamado antes y le había dejado un mensaje sugiriéndole que se fuera a Lamerton. Le estaría devolviendo la llamada por ese motivo. Estaba a punto de responder cuando algo llamó su atención por el rabillo del ojo. Un movimiento, una silueta, una mujer…

Era Lotti, llevando a Sóley en brazos. Puede que fuesen sus ropas –iba vestida con una parka negra rematada en piel y vaqueros oscuros– o quizás fuera la cola de caballo o sus viejas botas, pero parecía más una estudiante que una artista profesional y madre.

Permaneció mirándola, a pesar de que en algún lugar marginal de la cabeza sabía que el teléfono seguía sonando, pero por primera vez en su vida, lo ignoró.

Había algo muy hermoso y relajante en aquella escena, y no quería arriesgarse a que se echara a perder dejando que un episodio de la telenovela de su familia se desarrollara a modo de telón de fondo.

Por una vez, su madre iba a tener que esperar.

Lottie había tomado en la mano un puñado de nieve y se lo acercaba a su hija para que la tocase.

«Su hija».

Frunció el ceño. Debería hablarle de Sóley a su madre. Se imaginó cómo sería decírselo. En algún momento tendría que contárselo a todos, pero por ahora quería quedarse solo con su hija un poco más, retrasar el momento en que dejarse absorber por su caótica, maravillosa y agotadora familia.

Lottie dejó a la niña sobre la nieve. Llevaba un mono de nieve, sus rizos dorados ocultos bajo un gorro con forma de fruta y, agarrada a las manos de su madre, movía los pies sobre la nieve, entusiasmada. Sintió que una sonrisa se le dibujaba en los labios al ver que se quitaba un guante y agachada, palmoteaba en la nieve.

Debía ser la primera vez que la veía, y sintió una emoción especial al contemplarlas, juntas madre e hija, a través del cristal.

Podía parecer que la espiaba, pero no era así. ¿Tan malo podía ser querer guardarse aquel momento para sí? Sabía que su presencia ponía a Lottie en guardia, aunque quizás eso hubiera cambiado, teniendo en cuenta cómo se había abierto a él. Su sinceridad le había sorprendido y conmovido, sobre todo porque seguía lamentando haberla mentido aquella primera noche.

Pero no era solo su sinceridad lo que se le había metido bajo la piel.

Sus hermanos, incluso sus padres, le abrían su corazón de modo regular, pero su reacción primera era siempre la de bloquear el drama emocional y concentrarse solo en los hechos. Pero con Lottie no había drama. No había llorado ni rabiado y, sin embargo, le había resultado imposible no dejarse afectar por el dolor sereno que se reflejaba en su voz mientras le contaba su historia.

Claro que Lottie era la madre de su hija, y ¿no era lógico que se sintiera así con ella? No le había hecho gracia saber que lo estaba pasando mal, o que de algún modo había contribuido a su padecer. Y había sido natural su impulso de querer consolarla.

Volvió la mirada a la nieve y se quedó inmóvil recordando el beso. Tenía que reconocer que consolarla no entraba entre sus prioridades al inclinarse sobre ella y rozar aquellos labios dulces.

Se deseaban mutuamente, pero el corazón se saltó un latido cuando la pregunta que se había hecho antes volvió a plantearse. ¿Dónde los conduciría aquel deseo?

Había mucho en juego y estando allí, en su casa, con ella y con su hija, el sexo nunca iba a ser algo pasajero. Habría consecuencias, pero sabía bien por la experiencia que había vivido con su familia y sus relaciones destructivas e impulsivas, que serían unas consecuencias que ninguno de los dos podría aceptar.

Consecuencias que él no quería asumir.

Ni ahora, ni nunca.

Apartando un instante la mirada de su hija, Lottie alzó la cara hacia el cielo. A diferencia del gris que solía lucir en Suffolk, allí estaba del mismo azul brillante que los ojos de Sóley… y que los de Ragnar.

El calor del sol le hizo recordar lo que había ocurrido y lo que tan fácilmente podría haber pasado aquella mañana.

Aún no se podía creer que le hubiera hablado de su

padre y de cómo se sentía con su madre y con Lucas. Y como si soltarle todo aquello no fuera suficiente, había perdido por completo la cabeza y lo había besado.

No había podido contenerse, y tampoco quería que él lo hiciera.

Había cruzado la línea. Estaba en un territorio sin dueño en el que podía ocurrir cualquier cosa.

El corazón se le aceleró. Sería fácil echarle la culpa al cansancio, o al estrés de los últimos días, y sí, todos esos argumentos eran plausibles, pero ninguno era la verdadera razón de que lo hubiera besado. Era otra mucho más sencilla.

Lo tenía delante, tan cerca que percibía el calor que emanaba de su cuerpo, tan cerca que su mirada le hizo pensar en elecciones, posibilidades y una noche que no había podido olvidar de placer sin par.

En otras palabras: lo había besado porque había querido hacerlo.

Sabía que debería lamentar lo ocurrido; debía arrepentirse de haberse pegado a él, de unirse a su cuerpo, de sentir aquel frenesí, pero no podía.

Tampoco significaba que fuera a repetirse.

Ragnar y ella tenían química, un término anodino para la intensidad de su atracción, pero el sexo pondría en peligro la frágil simbiosis que habían logrado por el bien de Sóley.

El sexo nunca era algo sencillo. Su hija era buena prueba de ello.

Ragnar y ella habían utilizado la matemática para seleccionarse, basándose en que ambos querían lo mismo, algo que ciertamente no incluía tener un hijo juntos.

Pero aun sin meter a Sóley en la ecuación, sabía que en la mayoría de ocasiones el sexo era más que dos cuerpos. Siempre había algún tipo de respuesta emocional, arrepentimiento, esperanza, duda, excitación, y esa respuesta solía ser compleja, confusa y contradictoria.

Y en aquel momento de su vida, lo que menos necesitaba era confusión, e iba a tener que encontrar el modo de explicarle todo eso a Ragnar.

–Anda, vamos a cenar –le dijo a la niña, tomándola en brazos y apretándola contra su pecho, hundiendo la cara en su cuello hasta que el beso de Ragnar fue solo un recuerdo.

Por el momento, al menos. Pero tarde o temprano, tendría que enfrentarse a él.

Se volvió hacia la casa… y se quedó parada.

Ragnar caminaba hacia ella, con firmeza y seguridad, su pelo brillando como bronce al sol. No llevaba abrigo. Solo unos vaqueros, una sudadera oscura y botas. Era tan guapo que el corazón se le paró unos segundos.

–Hola.

Se paró delante de ella para mirar a su hija, y su expresión se suavizó tanto que el estómago se le volvió una bola de placer y dolor.

–¿Qué tal te ha ido el resto de la noche?

–Bien. No me volví a despertar hasta casi las nueve. ¿Y tú? –preguntó, porque sabía que debía decir algo–. ¿Has dormido?

Hubo un breve instante de silencio hasta que, con un tremendo alivio, se dio cuenta de que Signy se les acercaba a toda prisa.

–¡No me había dado cuenta de que estaban aquí! –dijo sonriendo y desbaratando el incómodo silencio–. La comida está lista. Puedo dar yo de comer a la niña si ustedes están hablando. Estaría encantada.

Pero ya era demasiado tarde para tomar una decisión porque Sóley le echaba los brazos a Signy encantada, y ambas desaparecieron al instante en la casa.

Ya no tenía excusa. Tenía que decir algo. Pero antes de que pudiera hacerlo, habló él.

–¿Te apetece venir a ver los caballos? Están fuera, en el corral. He pensado que a lo mejor…

Dejó la frase a medias, como si hubiera dicho más de lo que quería.

Ella dudó un instante pero después asintió.

–Gracias. Me encantaría.

Los caballos eran hermosos y muy sociables. Los había de distintos tamaños y colores, todos con la gruesa capa de pelo invernal. Se quitó los guantes y, apoyada en la valla de madera, les acarició la cara. La verdad es que estaba disfrutando.

A lo mejor no tenía que decirle nada.

Allí, al sol y con el aire frío en la piel, su beso parecía distante y soñado. Igual si se quedaban allí fuera lo suficiente, el brillante cielo azul se abriría como el mar y engulliría por completo el recuerdo.

–¿Sabes montar?

Su voz le hizo darse cuenta de lo absurda que era esa idea.

–Antes montaba. Cuando era joven vivíamos en un granero rehabilitado y la mujer del granjero tenía caballos. Dejaba que Lucas y yo los montásemos a cambio de que les limpiásemos la cuadra.

Él la miraba atento.

–¿Y ahora?

–Es que no tengo tiempo, la verdad.

–¿Y te gustaría?

Lottie asintió y Ragnar pareció aliviado.

–Pues haré que lo puedas disfrutar.

–Gracias. Y gracias por lo de ayer… bueno, lo de esta mañana. Por escucharme. Siento haberte cargado con tanto drama.

–¿Drama? Pues a mí me has parecido muy digna y nada melodramática. Y siento que te hiciera sentir excluida. No lo era antes, ni es ahora mi intención, apartar a Sóley de ti.

–Lo sé. Ahora lo entiendo.

No había nadie allí. Si esperaba a que volvieran a entrar en la casa, tendría que buscar otro momento de intimidad, y la idea de estar a solas con él dentro de la casa era la situación de la que necesitaba hablar.

–De lo que pasó después de que hablásemos…

Lo miró sorprendida de que hubiese pronunciado las mismas palabras que ella estaba pensando.

–¿Te refieres a cuando yo…?

–A cuando nos besamos.

Durante unos segundos, la vista se le nubló. Podía haber elegido de otro modo las palabras y hacerla a ella la única responsable, pero con aquellas admitía que su deseo también había interpretado el papel.

–Creía que igual preferías fingir que no había ocurrido.

–No. Y aunque lo quisiera, no estoy seguro de que lo hubiera logrado.

Tenía los ojos clavados en ella, y sintió que la sangre se le espesaba al ver el hambre que había en ellos, un hambre que parecía atravesar las capas de su chaqueta para que pudiera sentir el creciente calor en su interior.

–Sé que no te he dado buenas razones para que confíes en mí, pero quiero pedirte que confíes en esto: quería besarte tanto como tú querías besarme a mí. Solo esperaba que me dieras permiso –sonrió levemente–. Mira, Lottie, tengo que decirte una cosa. Quiero que sepas lo mucho que siento haberte mentido la noche que nos conocimos. Espero que algún día seas capaz de creer que no soy así.

Siguió mirándolo sin decir nada, procesando sus palabras. Parecía decirle que había actuado de un modo impropio en él, pero entonces ¿por qué lo había hecho?

–¿Por qué me dices esto ahora?

–Quiero que seamos sinceros el uno con el otro sobre qué ocurrió y por qué.

–No sé por qué –hizo una pausa. Se merecía que fuera sincera con él–. O puede que sí… sé que habían pasado veinte meses desde que nosotros…

Hubo un breve silencio.

–Pensaba que igual te habías olvidado ya.

¿Olvidarse? Hubiera querido echarse a reír. ¿Olvidar aquella noche?

–No, no te había olvidado, Ragnar. No podía.

–Quieres decir que, teniendo a Sóley…

No. No lo decía por su hija, pensó con una mezcla de vergüenza y pánico. Era de él, de cómo la hacía sentirse, de su boca, de su urgencia, de sí misma en sus brazos…

–No ha habido un solo día en el que yo no haya pensado en ti –dijo él, alzando la mano para rozar con los dedos el contorno de su mejilla y ella, casi sin saber lo que hacía, apoyó la mejilla en su mano–. Creía que se me pasaría.

Ella lo miró hipnotizada por la ansiedad que percibía en su voz, la misma ansiedad que sentía ella.

—Yo también lo creía, y así será —dijo, apartándose con gran esfuerzo—, pero mientras, creo que no sería...

—¿Buena idea?

—Sería una idea malísima. Estamos aquí para ser padres y creo que debemos concentrarnos en eso.

No se podía creer lo que le estaba diciendo, pero ¿qué alternativas tenía? ¿Fingir que era un fragmento de su imaginación? ¿Dejar hablar a la libido?

—Me alegro de que estemos en la misma página —respondió él.

Puso la mano en la valla y sintió que algo afilado se le clavaba en la piel. Era solo una astilla, pero casi agradeció el dolor porque la ayudaba a pensar en otra cosa que no fuera en el vacío que estaba sintiendo por dentro. Por mucho que le doliese, sabía que no sería nada comparado con lo que pasaría si se dejaba arrastrar a una aventura con Ragnar.

—Creo que deberíamos irnos a comer.

—Vámonos, a ver qué nos ha preparado Signy.

La comida consistió en una deliciosa sopa de pescado con pan de masa madre y la mantequilla más deliciosa que había comido en su vida.

En cuanto acabó la comida, Sóley estuvo a punto de quedarse dormida en la trona y Ragnar, sacándola con cuidado, subió a acostarla.

Lottie le vio hacer. Cada vez le resultaba más fácil verlo interactuar con la niña, y fue un alivio tener unos minutos para sí misma e intentar deshacerse de tanta tensión.

Salió al enorme salón. Era una estancia de hermosas proporciones, con una luz increíble que iba cambiando de color y que parecía una obra de arte que encajaba a la perfección en la decoración minimalista, elegida pieza a pieza por su belleza y su funcionalidad.

Se dejó caer el uno de los magníficos sofás de piel sintiendo el calor de la chimenea en la piel, y miró hacia arriba… justo a los ojos azules de Ragnar.

–¿Estás cansada? –preguntó, sentándose a su lado.

–Un poco.

La luz de la chimenea creaba sombras en su cara y durante un momento se lo quedó mirando, maravillada por el juego de luces, hasta que de pronto el pulso se le lanzó al sentir que le ponía la mano en un hombro.

–Estás tensa aquí…

¿Ah sí? Pues ella diría que se estaba derritiendo.

–Tienes que relajarte. Tomarte un tiempo de descanso. ¿Qué tal un baño en la piscina? Podemos darnos un chapuzón después de cenar.

La cabeza le daba vueltas y las piernas no respondían a la orden de ponerse en movimiento. Había tantas ideas peligrosas, casi en cada palabra de la frase que acababa de decir… pero es que la idea de relajarse nadando en una piscina caliente era tan tentadora… miró brevemente a aquel exquisito entorno. ¿Cuándo iba a volver a tener la oportunidad de vivir así?

–Me parece una idea estupenda.

–No lo lamentarás. Es más, puede que tu cuerpo incluso te dé las gracias.

No había luna pero tampoco nubes, y Ragnar se tomó un instante para contemplar las constelaciones a través del techo de cristal de la piscina antes de entrar en el agua.

Respiró hondo. Era como dejarse envolver por terciopelo líquido.

Cualquier otra noche simplemente habría contemplado las estrellas mientras flotaba, pero en aquel momento siguió moviéndose despacio, viendo cómo aquella mujer caminaba por el borde, nerviosa como una gacela.

El corazón se le aceleró al ver que se quitaba el albornoz y lo dejaba sobre una de las tumbonas cubiertas de piel. Llevaba un bañador color caramelo, un poco más oscuro que sus ojos, y al verla entrar en el agua, dio las gracias a Signy por haberle sugerido que le dijera que se trajese bañador.

–¿Qué tal está? –le preguntó mientras ella avanzaba.

–Maravillosa –contestó, siguiendo con la mirada el vapor que salía del agua–. Es una locura.

–¿Una locura?

–Parece una locura estar aquí, rodeados de nieve, y metidos en un agua tan caliente.

–Es que estamos en la tierra del fuego y el hielo.

–¿La tierra del fuego y el hielo? –repitió despacio.

Qué locura había sido invitarla a bañarse bajo las estrellas. Pero en realidad, llevaba días volviéndose loco poco a poco, sufriendo la tortura a la que su cerebro febril estaba sometiéndole con imágenes de una Lottie desnuda y gloriosamente desinhibida.

Nadaron despacio y en silencio. Solía hacerlo solo, y cuando estaba lejos de Islandia, echaba de menos sus momentos de soledad en la piscina, pero con Lottie a su lado estaba sintiendo una necesidad totalmente distinta y un impulso irrefrenable de rendirse a ella.

—¿Usas mucho la piscina?

—Por lo menos una vez al día —contestó—. A veces, dos. Durante el día, se ve el cielo reflejado en el agua y es como si estuvieses nadando entre las nubes.

Ragnar sintió que algo se le encogía en el pecho al ver con qué sorpresa lo miraba ella.

—No tenía ni idea de que fueses un poeta —dijo.

—Conozco mis límites —suspiró, mirando hacia arriba—. Si quieres poesía de la buena, solo tienes que mirar al cielo.

Sobre sus cabezas, el firmamento parecía estarse derritiendo. El color estaba ahogando a la oscuridad, iluminando la noche, y fogonazos verdes, ámbar y amatista giraban sobre sí mismos como aceite en el agua.

Era la aurora boreal, pero él apenas le estaba prestando atención. Estaba demasiado ocupado observando a Lottie.

Respiró hondo. Su cuerpo palpitaba de necesidad, aún más que antes, y el corazón le latía en los oídos. Pero no necesitaba ser capaz de pensar con claridad para saber que seguía deseándola.

Y, de pronto, el show terminó.

—Deberíamos entrar —dijo.

Ella asintió y lo siguió de mala gana fuera del agua.

—¿Sabías que iba a ocurrir?

Él le ofreció el albornoz.

—Solo si hay noche clara y si es el momento adecuado del año.

Casi ni sabía lo que estaba diciendo. Le dolían las

mentiras que le había dicho aquella primera noche pero, si en aquel momento tampoco le decía lo que estaba pensando, ¿no sería simplemente otra clase de mentira, que lamentaría para siempre?

«Dile la verdad. Sé sincero. Es lo que querías hacer, ¿no?»

Su casa en Islandia era su santuario, un lugar de calma y serenidad, y si le decía lo que estaba pensando, corría el riesgo de desatar el caos.

Pero, si no lo hacía, ¿entonces, qué?

El caos seguiría estando presente, bajo la superficie, no iba a irse a ningún lado y ahora, por fin, entendía por qué. Desde aquella noche en el hotel, no había vuelto a sentirse completo, y el miedo que le había empujado a huir mientras ella todavía dormía seguía persiguiéndolo, y solo domesticándolo conseguiría recuperar el equilibrio.

—Cuando antes he hablado de lo que ocurrió… creo que estaba equivocado. Bueno, sé que lo estaba —frunció el ceño—. Lo que quiero decir es que esto que hay entre nosotros es confuso, pero también es real, y fingir que no lo es sería una mentira. Creo que tú sientes lo mismo, pero si no es así, no pasa nada. Solo necesito que me lo digas, y entonces nunca…

—Sí —tragó saliva—. Me siento igual que tú.

Miró su boca. ¿Había hablado, o había sido su imaginación?

—¿Estás segura?

—¿De si te deseo? Sí.

Apartó la mirada y él tomó su cara entre las manos.

—No tenemos todas las respuestas, Lottie, pero podemos encontrarlas juntos.

Ella respiró hondo y él sintió que no era capaz de hacerlo cuando vio que dejaba caer al suelo el albornoz. Durante unos segundos lo miró en silencio; a continuación, tomó su mano y la colocó sobre un pecho.

El pulso se le aceleró, y su cuerpo se endureció a tal velocidad que temió perder el conocimiento. Pero entonces la besó. No fue como lo hizo en la cocina, sino de una manera cruda y urgente, un beso sin contenciones, un beso destinado a satisfacer el hambre que los devoraba a ambos.

—No tienes ni idea de cuánto te deseo —murmuró junto a sus labios—. No he podido apartarte de mi pensamiento.

—Yo también te deseo —se había apoyado en él. Sus frentes se tocaban—. Estás en mi cabeza...

Bajo la palma de su mano, el pezón se estaba endureciendo debajo del bañador, y comenzó a acariciarlo.

Ella se agarró a él y tiró del elástico de su bañador, pero a continuación colocó la mano sobre su pene erecto y él gimió.

—Vamos arriba.

—No.

Intentó protestar, pero resultó otro gemido porque su mano se había metido por debajo del bañador. Reconociendo la derrota, la tomó en brazos y la llevó a la tumbona más cercana. Luego, sin dejar de mirarla, se bajó el bañador.

Capítulo 7

EL CORAZÓN le golpeaba contra las costillas como una puerta en plena galerna.

¿Alguna vez había visto a una mujer más sexy? Tumbada sobre una piel, los ojos muy abiertos y febriles, el pelo mojado sobre los hombros. Como el hielo en la primavera, sintió que la sangre se le derretía.

Tenía la piel caliente, y las gotas de agua parecían pequeñas perlas transparentes y, al unirse a ella, lamió la más próxima sin dejar de mirarla. Luego otra, y otra, sintiéndola temblar.

–Ragnar…

Musitó su nombre, y fue el sonido más dulce que había oído nunca. Se tumbó sobre ella y la besó con hambre voraz, el mismo que sentía ella. Se separaron para recuperar el aliento, y sin una palabra más, le bajó un tirante, después el otro, y acabó quitándole el bañador húmedo y dejándola desnuda.

–Eres preciosa –susurró, y pasó la lengua por sus pezones que sabían a la sal del agua. Ella se arqueó hacia arriba, ofreciéndose, pero solo un momento después, se liberó y fue hacia él. Ragnar quiso evitarlo, pero ella se zafó y se llenó la boca con su pene, él aferrándose a su pelo, sacudido por un placer tan intenso que era casi doloroso.

Apretando los dientes se apartó, porque necesitaba estar dentro de ella.

–Ragnar... –murmuró, clavándole las uñas en la espalda, pero fue la urgencia de su voz lo que le paró el latido del corazón–. No estoy protegida.

«No estoy protegida».

La sangre le rugía en los oídos y el imperio de su cuerpo no le dejaba pensar con claridad. Al fin maldijo entre dientes, solo por aquella adolescente pérdida de control. ¿Tan abstraído estaba en el momento que se había olvidado por completo de poner los medios?

Tomó su cara en las manos y la besó dulcemente, dejando a un lado el dolor de su miembro.

–No pasa nada. No tenemos que... –respiró hondo, intentando contener la desesperación que empapaba su voz.

–Yo quiero, pero es que no tengo preservativos.

–No pasa nada –repitió–. Yo tampoco. Aquí, no.

No quería que pensase que no era cuidadoso, o que lo que estaba pasando era premeditado.

Ella se mordió el labio.

–Es que no ha habido nadie desde... por eso no... no...

Sus palabras le provocaron un alivio inmenso sin saber por qué.

–Yo tampoco he estado con nadie.

Lo miró boquiabierta, y no estaba seguro de que lo hubiera creído. Dicho así, a él también le costaba creerlo. Después de lo que le había pasado con ella, se había enterrado en el trabajo, demasiado irritado por el fallo en sus certezas matemáticas como para volver a ponerse a prueba.

–Deberíamos entrar –dijo ella.

–Sí –asintió.

–¿A mi habitación o a la tuya? –preguntó, incómoda.

–Yo no… no deberíamos… no sé…

–¿Has cambiado de opinión? –preguntó Lottie, asustada.

Su respuesta fue agarrarla con fuerza.

–Ya sabes que no. No puedo.

Ella respiró hondo.

–Entonces, a mi habitación.

Se vistieron y Ragnar la condujo por la casa a oscuras. El corazón le latía a saltos, mezcla de pánico y excitación. Le daba miedo abandonar la piscina, y que el cambio de escenario y ritmo introdujera un cambio de perspectiva.

Pero cuando subían la escalera sintió que apretaba con más fuerza su mano y, a continuación, tiraba de ella y buscaba a tientas su boca para besarla con tal pasión y urgencia que olvidó dónde estaba y quién era, y solo quedó la oscuridad, su respiración y la presión de su boca.

Llegaron a su alcoba… a duras penas. Había dejado las cortinas descorridas y, utilizando la luz de la piscina, volvieron a desnudarse y fueron besándose hasta la cama.

Cualquier miedo que pudiera tener quedó olvidado cuando él le levantó las caderas y suavemente le hizo abrir las piernas. Sintió su aliento en la piel antes de que encontrase con la lengua el pulso que le latía entre los muslos y comenzase a moverla con deliberada lentitud y precisión.

Un gemido de placer se le escapó de los labios y se agarró a su pelo, empujándolo para que llegara más hondo, apartándose, queriendo más, queriendo que no terminara. Se sentía liviana y la cabeza le daba vueltas. El calor le quemaba la piel a oleadas, cada una más rápida e intensa que la anterior. Hasta que de pronto se tensó, apretándose contra su lengua, agarrando mechones de su pelo.

Lo sintió subir a la cama y encontró su boca en la suya, hundiendo en ella la lengua antes de lamer su cuello, la clavícula, los pezones. Lo sentía sólido, más duro y más grande que antes. ¿Así es como era? Hacía tanto, que no lo recordaba.

Le costó encontrar la voz para preguntarle:

—¿Tienes el…?

—¿Estás segura? —preguntó Ragnar, hundiendo los dedos en ella, conteniéndose.

—Sí, estoy segura.

Se levantó y salió del dormitorio, y Lottie sintió de manera física su pérdida, pero en un instante estaba de vuelta, colocándose el preservativo antes de volver a tumbarse a su lado.

Volvieron a fundirse y a besarse, y Lottie deslizó la mano hasta su cadera para guiarlo dentro de su cuerpo.

La miraba sin pestañear, con una concentración y una necesidad pareja a la suya, y se movía a un ritmo que iba creciendo, hasta que lo sintió tensarse y penetrarla con un movimiento final que la llenó por completo, su gemido mezclándose con el de ella.

Ragnar se dejó caer a su lado y hundió la cara en

su cuello mientras ella se abrazaba a él. Los dos tenían alterada la respiración, ambos sudaban, pero hubiera querido quedarse allí tumbada toda la eternidad.

Durante un segundo temió que se levantara y se fuera, pero de inmediato la atrajo contra su cuerpo.

—He tenido cuidado...

—Lo sé —susurró, agradecida y sorprendida porque hubiera comprendido su nerviosismo por la protección contra el embarazo.

La abrazó y la mantuvo así hasta que su respiración se tranquilizó.

Y así fue como debieron quedarse dormidos.

No estaba segura de qué la había despertado, pero antes de abrir los ojos del todo sintió su presencia sólida junto a ella, y la respuesta inmediata de su propio cuerpo. Siguió un instante más con los ojos cerrados. No podía abrirlos porque eso significaría volver de golpe a la realidad, la ropa, y mostrarse controlada y civilizada, cuando lo que quería era permanecer para siempre en sus brazos, ser la mujer en que se había convertido estando en sus brazos.

Tenía el cuerpo flojo y lánguido y, sin embargo, en toda su vida se había sentido más viva, más conforme consigo misma, con el mundo, y con el lugar que ocupaba en él. Ojalá pudiera congelar el tiempo... al menos hasta que estuviera preparada.

¿Preparada para qué?

Solo había un modo de averiguarlo.

Abrió los ojos y el pulso le dio un salto. Ragnar la estaba observando con unos ojos que, en aquel momento, eran más grises que azules.

–Buenos días –la saludó con suavidad.

Buscó en él algún síntoma de arrepentimiento, aunque durante la noche no lo había encontrado y ella tampoco lamentaba lo que habían hecho, pero acurrucados en la oscuridad, había sido fácil fingir que estaban en un pequeño mundo solo para los dos, fuera del tiempo y del alcance de los demás.

–¿Qué hora es? –le preguntó en voz baja.

–Cerca de las seis –respondió muy serio, como si estuviera pensando algo–. ¿Te he despertado? Lo siento.

–No, suelo despertarme a estas horas –sonrió–. Sóley es madrugadora.

Hubo un instante de silencio. ¿En qué estaría pensando? Lo de aquella noche, ¿habría cambiado las cosas para él lo mismo que las había cambiado para ella? Porque para ella había sido más que simplemente satisfacer una necesidad. Había supuesto la admisión de otras cosas aparte del sexo.

–Sobre lo de anoche –dijeron los dos, casi al mismo tiempo.

Él la miraba fijamente.

–¿Crees que fue una equivocación?

–¿Y tú?

El corazón le latía tan fuerte que debía habérsele subido del pecho a la cabeza.

Ragnar la miró en silencio durante un tiempo que a ella le pareció una eternidad y, después, negó con la cabeza.

–No. No creo que fuese una equivocación.

–Yo tampoco.

Hubo otro breve lapso de silencio antes de que

volviera a besarla con la misma urgencia que a oscuras. El latido de su corazón seguía desbocado, pero sus labios hicieron que la presión que estaba sintiendo en el pecho cediera.

Poco después, Ragnar le preguntó acariciando su mejilla:

—¿Y qué va a pasar ahora?

Le resultaba extraño oír sus propias palabras saliendo de su boca, porque hacerle aquella pregunta había sido un momento de inflexión en su vida. Era como si hubieran cerrado el círculo.

Pero entonces todo era posible. De pie delante del restaurante, pegada a su cuerpo y mirándolo a los ojos, le había parecido que ante sí tenían un número ilimitado de futuros, algunos demasiado distantes para imaginarlos del todo, otros demasiado frágiles para ser considerados en serio, pero todos allí, ante ellos.

Ahora, sin embargo, había demasiada realidad entre ellos, buena y mala. ¿Y qué podía saber, si ni siquiera conocía sus sentimientos? Lo único que sabía era que aún no quería separarse de él.

—Lottie…

Se sentía más confusa que nunca, pero no sabía qué decir, aunque tenía claro que no podía ser menos que la verdad.

—Deseo esto —dijo, mirándolo a los ojos—. Te deseo a ti.

—Y yo a ti —respondió—. Por completo. Sin vergüenza. Sin remordimientos. Y no quiero que te vayas de esto que hay entre nosotros. Todavía no.

Había hablado trazando la curva de su cadera y la certeza de su voz era cautivadora.

–Démonos estas tres semanas. Después, seguirás siendo la madre de Sóley y yo su padre, tal y como acordamos.

–Entonces, ¿seguimos como estamos?

Él asintió.

–Hasta que decidamos parar.

Sus ojos azules eran claros, serenos, irresistibles y, respirando su aroma cálido, asintió. Y volvieron a empezar.

–¿Te apetece que salgamos con los caballos después de comer? Me gustaría enseñarte todo esto mientras estés aquí.

Estaban comiendo solos. Sóley había comido ya y se estaba echando la siesta. Todo era más fácil entre ellos ahora. Ella seguía siendo más callada que cualquier otra mujer que hubiera conocido, o al menos que las de su familia, pero su silencio ya no le parecía un desafío. Ahora que tampoco él estaba tan tenso, se había dado cuenta de que guardaba silencio porque estaba concentrada, escuchando de verdad lo que le decía.

Y no solo escuchando. Cuando lo miraba a los ojos era como si sus iris castaños llegasen dentro de él.

–¿Y Sóley?

Se había despistado en la trampa de miel de su mirada y había perdido el hilo de la conversación. Le costó retomarlo.

–Solo estaremos fuera una hora más o menos antes de que se vaya la luz, y Signy está como loca por disfrutar de ella –dijo, pero sintió que no estaba convencida y cambió de táctica–. Pero si Sóley no se siente cómoda con ella cuando nos vayamos, nos quedamos, por supuesto.

–Me encantaría ver los alrededores y montar, pero es que no tengo pantalones, ni botas, ni casco…

–Eso no es problema. Cuando dijiste que te gustaría montar, pedí a una persona de mi equipo que se encargase de todo lo que pudieras necesitar.

–¿Y cómo sabes mi talla?

Él sintió que su cuerpo respondía de unas cincuenta formas distintas a sus palabras.

–Sé cómo se adapta tu cuerpo al mío, así que hice la escala… con algunos ajustes, claro –sonrió, mirando sus pechos.

Media hora después, Ragnar se cerró la cremallera de la chaqueta y contempló el cielo. El sol salía en un ángulo más bajo cada día, y en aquel momento apenas era visible detrás de un banco de nubes grises, pero por lo menos no llovía ni nevaba.

Avanzaban en aquel momento junto a un arroyo del que emanaba vapor, dejando que Camille, la yegua alazana que él montaba, decidiera por dónde avanzar sobre aquel terreno desigual, que no habría escogido de ser Lottie más inexperta, pero como querían ver las tierras era el mejor. Se dirigían a la cresta de la colina.

Sintió la vibración del móvil que llevaba en el bolsillo interior de la chaqueta y apretó los dientes. La interminable saga entre su madre y su hermana había arrastrado ahora a su expadrastro Nathan y a su otra medio hermana Freya, y estaba desesperado por encontrar una solución.

Contemplando la expresión dulce y relajaba de Lottie, decidió hacerlas esperar.

–¿Qué tal?

–Bien –sonrió–. Creo que es más mérito de Orvar que mío. Es un caballo fuerte, pero solo tengo que cambiar un poco el peso para que haga exactamente lo que quiero. Es de reacciones rápidas y muy sensible.

–No con todo el mundo –contestó, sintiendo un pulso en la espalda–. Tú lo conduces con suavidad, y por eso no tira. Como muchos machos fuertes, solo necesita la mano adecuada. Creo que le parece bien que tú seas la jefa.

–Seguramente porque sabe que solo va a ser un paseo corto –respondió, despacio.

El teléfono volvió a vibrar y ella lo miró con curiosidad. Iba a tener que contestar.

–Perdona, pero voy a tener que contestar.

Ragnar alejó su caballo y Lottie respiró hondo.

Se había creído que alejarse de la casa y estar al aire frío sería una buena idea. Mientras montaba había intentado convencerse de que lo que estaba sintiendo era normal para alguien que acababa de practicar sexo después de casi dos años de celibato. Y además, no un sexo casual, sino fruto de la relación que había tenido con él y que había traído al mundo a Sóley. Pero ahora allí, en aquella luz grisácea y con el viento helado dándole en la cara, sin tener sexo, y estando Sóley en casa, seguía con la sensación de tener el mundo patas arriba.

Miró a Ragnar. Era imposible no percibir retazos de su conversación, y era obvio que estaba consolando a una mujer.

—Vale, hablaré con Nathan, pero tienes que disculparte. Es nuestra madre y no…

¿Su hermana? Y ese Nathan, ¿sería su hermano?

Cambió de postura sobre la silla. Ni siquiera sabía si tenía hermanos. De hecho, dado que no había fotos por la casa y el estilo de vida tan solitario que llevaba, había dado por sentado que no tenía familia. ¿Por qué nunca hablaría de ella?

—Perdona.

—¿Va todo bien?

Ahora que se había recuperado de la sorpresa de saber que tenía familia, quería conocer más detalles. Eran familia de su hija también.

Ragnar miró a lo lejos, hacia el horizonte, y temió que no fuese a contestar.

—Lo estará —dijo al fin.

—¿Era tu hermana?

—Sí… Marta.

Lottie esperó.

—Ha discutido con mi madre —dijo después de otro breve silencio—. No es nada importante. Simplemente que mi madre tiene normas que Marta rechaza, pero se les pasará. Siempre se les pasa.

—Al menos puede llamarte a ti si necesitaba hablar con alguien.

—Supongo —golpeó suavemente los flancos de Camille—. Vamos, que no queda lejos.

Y ahí se acabó todo.

Llegaron a lo alto de la loma diez minutos después.

Era una vista increíble. En la distancia se percibía la silueta azulada de un glaciar. Más cerca, unos campos cubiertos de nieve quedaban encerrados entre unos atormentados macizos de roca en todos los matices posibles de gris y plata, y más cerca aún, dos cascadas de trescientos metros caían desde precipicios de basalto.

—¿Podemos acercarnos? —preguntó.

—Podemos pasar por debajo, si quieres.

Tardaron otros quince minutos en llegar a la base de las cascadas. Dejaron los caballos junto a una piscina geotermal cuyo vapor derretía la nieve, dejando al descubierto una sorprendente hierba verde, y los dos animales bajaron la cabeza y comenzaron a comer.

El ruido del agua cayendo contra la roca era ensordecedor, y tras admirarlas un momento, se alejaron lo suficiente para poder hablar.

—Qué pena que no me haya traído la cámara —se lamentó.

—Ten —le dijo, ofreciéndole el teléfono.

—Gracias.

Se subió a una roca para mejorar el encuadre mientras cientos de preguntas le bullían en la cabeza.

—¿Cuántos hermanos tienes? —le preguntó cuando saltaba para bajar.

Vio que la pregunta no le era cómoda.

—Siete.

—¡Siete! Qué suerte. ¿Y todos viven en Islandia?

—A veces —contestó, y un músculo le tembló en el mentón.

—Entonces, ¿por qué elegiste vivir aquí, a kilómetros de distancia de ellos?

Ragnar se encogió de hombros.

—¿Por qué elegimos vivir donde vivimos?

Ragnar respiró hondo. Tenía la sensación de que le habían ceñido el pecho con una banda de acero que cada vez apretaba más.

Siempre le resultaba angustioso hablar de su familia, pero allí, en aquel momento, y aún dándole vueltas por la cabeza la absurda conversación en la que habían acordado darse tres semanas, se sentía como si fuera a explotar.

Y era ridículo. Solo le estaba preguntando lo que cualquier persona normal preguntaría. ¿Por qué entonces reaccionaba como si se estuviera enfrentando al tribunal de la Inquisición?

¿Por qué no se limitaba a decirle lo que le rondaba por la cabeza? Que al despertar aquella mañana... bueno, no. Antes. La noche anterior, teniéndola en brazos. Que había sentido algo por dentro, y que ahora no quería que desapareciera de su vida transcurridas las tres semanas.

¿Qué iba a hacer?

Solo conocía un modo de manejar su vida, y era manteniendo separadas las distintas partes que la componían y, por el momento, le había salido bien. Su familia no tenía nada que ver con su negocio, y su vida privada era su vida privada. Pero Lottie y Sóley tendrían que conocer a su familia, ¿y luego qué?

Se merecía saber la verdad, o al menos contar con una versión editada de ella, pero no podía explicarle la dinámica melodramática y loca de su familia allí, en aquel tranquilo y hermoso día. Y no quería exponerla al irrefrenable imán de su drama aún, porque sabía lo que pasaría si lo hacía: Lottie y Sóley se verían absorbidas por el caos y él no podría soportar que ocurriera.

Pero al mismo tiempo, quería darle algo.

—La familia de mi madre tenía una casa no lejos de aquí. Solíamos venir en vacaciones, y un verano, cuando yo tenía unos ocho años, conocí a un chico de mi edad… Daniel. Estaba con su padre, pescando en aquel lago —señaló.

Había sido un año antes de que sus padres se divorciaran, y las peleas entre ellos habían sido volcánicas en su ferocidad, además de interminables en aquellos largos días de verano.

—Me enseñaron a pescar y enganché un salmón. ¡Mi primer salmón! —sonrió—. Luego volvimos a su casa y lo cocinamos. Fue la mejor comida que he tomado nunca.

Y no solo por el salmón. La casa de Daniel era pequeña y sencilla, pero sus padres eran personas tranquilas y pacientes, y el entorno era tan relajante que se había quedado dormido.

—¿Y por eso te gusta venir aquí?

Parecía confusa, y algo en su mirada le hizo acercarse y abrazarla. Sus palabras no tenían sentido para ella, pero no había modo de recrear la absoluta sorpresa de un niño al descubrir que había otro modo de ser una familia.

No podía revelarle que, sentado en aquella casita ordinaria y tranquila, había tomado la decisión de vivir así, y cómo llevar esa clase de vida significaba no dejarse arrastrar por lo que estaba sintiendo en el pecho. No podía arriesgarse a que unas emociones que no comprendía y no era capaz de manejar lo ahogasen. Tenía que mantener sus sentimientos bajo siete llaves y todo iría bien. Y si eso era lo que tenía que hacer para mantener a Lottie y a Sóley en su vida, lo haría.

¿Qué alternativa tenía?

Capítulo 8

APOYADAS las manos en la barandilla, Lottie contempló la escena que tenía ante sí. Sóley había decidido quitarse los calcetines y meterlos en el cuenco de sus cereales de desayuno, así que había subido a buscar un par limpio. Pero mientras avanzaba por el corredor, había oído una risita irresistible, y luego una carcajada honda y masculina.

Ragnar jugaba al escondite con su hija, y contempló, hipnotizada, cómo se dejaba encontrar y el deleite de su hija al hacerlo.

Una semana antes le habría resultado imposible disfrutar de aquello, pero ahora ya sabía que el lazo padre-hija no era una amenaza para su relación con Sóley.

Dio un paso atrás para ocultarse en las sombras con un nudo de nervios en el estómago.

Había otras cosas más en las que había cambiado de parecer.

En lugar de sentirse como si estuviera atrapada en la guarida de un villano, era ya casi como estar en casa, en Suffolk. Y en lugar de contar los días que le faltaban para marcharse, intentaba alargar cada minuto.

En lo que más había cambiado de forma de parecer era sobre Ragnar. Por supuesto que recordaba el re-

sentimiento y el escepticismo inicial, pero eran sentimientos que se habían derretido como el hielo de primavera en un lago.

Recordó la conversación que habían mantenido la
mañana después de aquella primera vez que se rindie-
ron al empuje ardiente e incesante de su mutuo deseo.
Había sido enervante despertarse en sus brazos, en su
cama, y no saber qué esperar, con la única certeza de
que no lamentaba lo ocurrido.

Pero luego habían hablado, o mejor dicho, había
hablado él, y ella había estado de acuerdo en que no
quería que fuese solo aquella noche, y que podían
darse las tres semanas.

Sin embargo, estando en las cascadas, se había
dado cuenta de que tampoco era eso lo que quería...
o al menos, todo lo que quería.

La llamada de su hermana le había hecho querer
saber más de aquel hombre que era el padre de su hija
y cuyas caricias la ponían del revés, pero del que apenas sabía nada.

Aunque, a juzgar por sus respuestas evasivas y por
la expresión cerrada de su rostro, no confiaba en ella
lo suficiente para darle algo más allá de un mero es-
bozo de su vida. ¿Y cómo culparlo por ello, cuando
su decisión de hablarle de Sóley se había visto media-
tizada por su propia relación fracasada con su padre?

Ragnar era el eje de su familia. Marta lo había llamado dos veces y su madre una, y oyéndolo hablar
con ellas pacientemente, se había sentido conmovida
y casi envidiosa de que lograsen tener su atención
permanente, mientras que ella...

Mejor dejar todo eso a un lado, fuera de la centri-
fugadora que eran últimamente sus emociones.

Abajo, en el salón, Sóley se alegró de verla.

—Te ha echado de menos —dijo Ragnar cuando Lottie se puso de rodillas en la alfombra y su hija acudió a sus brazos.

Se volvió a mirarlo y sintió que el corazón le derrapaba. Estaba tirado en la alfombra, apoyada la espalda contra uno de aquellos enormes sofás de piel, con un jersey de cuello en uve de un azul algo más oscuro que sus ojos y un bucle de cabello rubio cayéndole sobre la frente. Parecía relajado e increíblemente sexy.

—Perdona. He tardado mucho.

—Tienes que dejar de disculparte cada vez que cuido de la niña —le dijo él, sentándose junto a ella—. A no ser que quieras que empiece yo a disculparme por los últimos once meses.

—Es que no quiero pensar que vayas a estar siempre ahí.

Él la miró fijamente.

—¿Y cómo te gustaría que estuviese? —preguntó con suavidad.

Más allá del insistente latido de su corazón, oyó vibrar el teléfono que había dejado sobre el sofá. Podía ser su madre, o Lucas, o incluso Georgina diciendo que la galería había ardido hasta los cimientos, pero no lograba que le importase lo suficiente para atender la llamada en aquel momento.

—Ten —dijo él, acercándoselo—. Podría ser un encargo. Que yo esté de vacaciones no significa que tú también tengas que estarlo.

De pronto a Lottie le asaltó el deseo de pronunciar unas palabras. «¿Y qué es esto para ti? ¿Unas vacaciones románticas? ¿Por eso no quieres hablarme de tu familia?»

Pero no fue lo bastante valiente para plantearle esas preguntas.

Era Lucas quien llamaba. Le decía que había arreglado el grifo que goteaba y que si le parecía bien que un columpio podía ser un buen regalo para Sóley en su cumpleaños.

Pero no quería pensar en el futuro en aquel momento. Un futuro en el que no se despertaría en el calor del cuerpo de Ragnar, ni se quedaría dormida en sus brazos.

—¿Todo bien?

—Sí, solo era Lucas —contestó, y temiendo que pudiera leerle el pensamiento, se volvió hacia la niña—. A ver, comino, vamos a ponerte los calcetines...

Pero antes de que pudiera terminar la frase, la niña se había bajado de su regazo, agarrado el teléfono y salido a gatas a una increíble velocidad.

—¡Eh, monigota!

Lottie salió tras ella riéndose, la tomó en brazos y hundió la cara en su tripa hasta que Sóley comenzó a reír y a retorcerse incontrolablemente.

Recuperado el teléfono, la bajó a la alfombra. La niña estiró las piernecitas, equilibrándose. Llevaba semanas intentando hacerlo.

—Vale —le dijo, cuando vio que intentaba zafarse de sus manos—. Te dejo sola.

Durante unos segundos, Sóley se quedó donde estaba, afianzándose, y luego extendió los brazos hacia su padre, que estaba arrodillado añadiendo un poco de leña a la estufa.

—Ragnar —lo llamó, y cuando se dio la vuelta, sonrió—. Te llama.

Él fue a levantarse, pero Lottie negó con la cabeza.

–No, llámala tú.

Enseguida entendió y miró a su hija mientras Lottie tomaba el móvil para grabar la escena.

–Sóley.

Su voz sonó rasposa. Debía estarle costando trabajo mantener la compostura.

–¡Sóley, ven con papá!

Unos segundos después, se lo dijo en islandés.

Conteniendo el aliento, Lottie vio cómo la niña daba un pasito tembloroso hacia sus manos, y luego otro, como si fuera una pequeña astronauta. A continuación se paró, e iba a perder el equilibrio cayendo hacia delante cuando su padre la tomó en los brazos.

Lottie apagó la cámara con las lágrimas ardiéndole en los ojos mientras Ragnar se levantaba y abrazaba a su hija. Y, de pronto, se acercó a ella y la abrazó también.

–Gracias –dijo él.

–¿Gracias por qué?

–Por sus primeros pasos.

Sintió que el pecho se le encogía también a ella.

–Siento haber tardado tanto en hacerte saber que eras su padre, y por haber estado tan centrada en mí misma. Debería haberte preguntado antes por tu familia, sobre todo después de echarte encima la carga de lo que ocurrió con mi padre…

–No me has cargado con nada –contestó, abrazándola más fuerte–. Me alegro de que me lo contases. Y por cierto, creo que tu padre cometió el mayor error de su vida rechazando la oportunidad de conocerte. Eres una persona increíble, Lottie.

–No soy nada especial. Al contrario. He sido egoísta y solo me he preocupado por mí.

–Yo he sido insoportable, manipulador e insensible.

Lottie reconoció sus propias palabras y sonrió.

–¿Eso te dije?

Él le devolvió la sonrisa y ella sintió que las tripas se le deshacían.

–Seguramente me merecía algo peor.

–¡Lo que pensaba de ti en aquel momento era peor, no creas! –suspiró–. Te envío el vídeo para que puedas compartirlo con tu familia.

Puede que los primeros pasos de su hija fueran los primeros pasos suyos para hacer las paces.

–Tengo otros vídeos –añadió–. Si quieres, puedo enviártelos.

–Me encantaría.

Sóley levantó un bracito y abrazó a su mamá por el cuello, con lo que los tres quedaron unidos en el mismo abrazo. El corazón le dio un salto.

–Estaba pensando… –dijo tras aclararse la voz–, sé que ya te has tomado tus vacaciones así que, sin no puedes, no te preocupes. Pero me estaba preguntando si te gustaría venir a Suffolk para el cumpleaños de Sóley. No va a ser una fiesta ni nada, pero sé que a ella le gustaría mucho que estuvieras –dudó antes de añadir–: a mí también me gustaría.

Él la miraba con firmeza y Lottie sintió que un calor como el de un chal de cachemir le subía por el cuello.

–Me gustaría mucho.

–Perdone, señor Stone… ¡Ay, lo siento!

Era Signy.

Lottie se sonrojó. No tenía ni idea si habría percibido el cambio en su relación, pero no quería que la mujer pudiera sentirse incómoda.

–No tienes que disculparte por nada, Signy. Sóley acaba de empezar a andar y lo estamos celebrando. De hecho, ¿por qué no lo celebramos como es debido? Tenemos champán, ¿no, Signy?

–Sí que tenemos.

–Entonces, ¡celebrémoslo! –dijo, y besó a Lottie en los labios.

Ragnar se recostó en la silla y contempló el cursor que parpadeaba sobre la hoja en blanco del ordenador.

Dos años atrás, cuando empezaba con su negocio y tenía la sensación de tener una cañería en el cerebro por la que no dejaban de entrar datos ni un minuto, siguió el ejemplo de otros CEO y se tomó un par de semanas para pensar.

Habían resultado tremendamente productivas, ya que la idea era evitar toda distracción y darle a su mente el espacio y la libertad necesarios para resetear sus objetivos, y así volver al trabajo ya en carrera, y con la dirección adecuada.

Pero claramente unas distracciones eran más perturbadoras que otras, pensó, recordando la ducha que había compartido con Lottie aquella mañana.

Apretó los dientes. No era de extrañar que le costara trabajo centrarse en sus objetivos. En realidad, sí que estaba centrado, pero no en la dirección futura de su empresa, sino en la mujer que había conseguido llegar tan lejos al otro lado de sus defensas.

Cerró la tapa del ordenador y dejó vagar la mirada más allá del cristal, justo en dirección a la pequeña cabaña de madera que se vislumbraba desde donde se encontraba sentado.

Cuando Lottie le había preguntado sobre la familia, le había dicho solo parte de la verdad. Su encuentro con la familia de Daniel había sido como caer por el agujero en Alicia en el País de las Maravillas, pero al revés, sin fiestas de té locas ni piscinas de lágrimas.

Estando en su cabaña había llegado a la conclusión de que algún día tendría su propio espacio, lejos de su familia. Los quería aun cuando lo agotaban y le hacían enfurecer, pero no podía vivir con ellos.

Pero podía vivir con Lottie y Sóley.

Ya lo estaba haciendo, y quería que la situación continuara, sobre todo después de lo que había pasado el día anterior.

Ver como su hija daba los primeros pasos y poder sujetarla antes de que cayera le había provocado dos sensaciones paralelas: un muro de orgullo al ver que ya era capaz de caminar y un pánico cerval a no estar ahí la próxima vez que fuese a caer.

Tres minutos increíbles, sobrecogedores e irrepetibles de su vida, todo ello regalo de Lottie.

Y no había querido que fuera solo suyo. Por eso la había abrazado. Pero cuando ella le había ofrecido el vídeo para que lo compartiera con su familia, algo le había impedido poner en palabras lo que sentía.

Y aún se lo estaba impidiendo.

Miedo.

La palabra le dejó un regusto amargo en la boca.

No le gustaba que fuera el miedo quien dirigiera sus actos, pero le inspiraba temor lo que podía ocurrir si le pedía que se quedase. Quizás, si hubiera sido solo sexo, que era lo que se había dicho a sí mismo que sería, o si la hubiera respetado simplemente como a la madre de su hija, todo iría bien, pero al oírla relatar el dolor que había sentido por el rechazo de su padre, la ira que le había inspirado había sido monumental.

¿Y si sus emociones eran demasiado intensas para ser contenidas, como le ocurría al resto de su familia?

Apartó aquel pensamiento. Eso no le iba a ocurrir a él. Llevaba toda una vida de experiencia a las espaldas en la que se había apartado sistemáticamente de sus sentimientos. ¿Por qué iba a manejar lo de Lottie de un modo distinto?

Dejó vagar de nuevo la mirada por el horizonte. Después de unos días grises, aquel había amanecido con un cielo azul ilimitado, extendiéndose sobre los campos nevados como el techo de una catedral renacentista.

Hacía un día perfecto y respiró hondo. Quizás había encontrado el modo de resetear sus objetivos. Iba a ser un primer paso, un modo distinto de romper el hielo al que habían empleado en su primer encuentro, pero algo que podría ofrecer a Lottie.

Sacó el móvil y marcó un número.

—Ivar. Necesito que estés preparado en una hora. No, va a ser un viaje corto. Gracias.

Lottie pegó la cara al cristal de la ventana e intentó imaginar cómo serían en verano aquellos campos cubiertos de nieve.

Era su segundo vuelo en helicóptero, y de nuevo sin saber adónde iban, pero en aquella ocasión, llevando su mano en la de Ragnar, sus sensaciones eran totalmente diferentes.

Ragar tocó en el hombro al piloto.

–Al otro lado del cortado estará bien, si puedes.

El piloto asintió.

–Sí, perfecto.

–Un par de minutos más –le dijo a ella, acercándose a su oído.

–¿Para qué?

–Espera y lo verás –contestó, y la besó en los labios. Menos mal que pudo controlarse para no arrancarle la ropa allí mismo…

El helicóptero aterrizó exactamente tres minutos después.

Copos de nieve levantados por las aspas del rotor se arremolinaban en torno a ellos cuando descendieron del aparato pero, unos pasos después, sintió que los pies se le atascaban. Se quitó la capucha para ver mejor. Delante de ella un mar gris plomo se extendía hasta el horizonte. Y a sus pies, la playa.

Pero aquella playa no se parecía nada a las de Suffolk, con sus arenas color galleta, sino que era completamente negra.

–Es lava –dijo, y se agachó para recoger un puñado de piedras negras–. Cuando llegó al mar, se detuvo y se enfrió de inmediato. Al menos esa es la explicación científica, aunque yo no puedo dejar de buscar dragones cada vez que vengo aquí –explicó, sonriendo.

El imán de sus iris azules era irresistible.

–¿Y a qué esperamos? –sonrió también–. ¡A ver si encontramos alguno!

Era un lugar increíble, pensó mientras avanzaban por aquellas arenas brillantes y húmedas. Aparte del ruido de las olas al llegar a la orilla, no se oía más que el grito de alguna gaviota.

–¿Te gusta?

Ella asintió, paralizada por la intensidad de su mirada.

–¿Lo bastante como para que nos quedemos a comer?

«¿A comer?»

–¿Dónde vamos a comer?

Entonces lo vio. Al final de la playa, donde las arenas se juntaban con la nieve, había un hogar con leña y, a su alrededor, se habían dispuesto unos gruesos cojines hechos con kilims sobre unas alfombras de piel de cordero, y encima de algo que parecía una mesa hecha de nieve, les aguardaba una cesta de picnic.

Respiró hondo. Era como si una esquirla de hielo se le hubiera alojado en la garganta, pero al mismo tiempo sentía quemazón en los ojos.

–No entiendo…

Él la abrazó y secó con los dedos las lágrimas que le rodaban por las mejillas.

–Es mi modo de darte las gracias por lo de ayer. Por dejarme compartir los primeros pasos de Sóley.

Tomó su cara entre las manos y la besó apasionadamente, y Lottie sintió un tremendo alivio por poder darle salida a la intensidad del deseo que sentía de él.

–¿Cómo has preparado todo esto? –le preguntó cuando al fin se separaron.

–Signy e Ivar se han ocupado de lo más laborioso.

–¿Pero ha sido idea tuya?

–No quería decirte solo con palabras lo que estaba sintiendo, sino con hechos.

Haciendo suyas sus palabras, volvió a besarlo hasta oír que gemía.

–Más tarde –le dijo, sonriendo–. Anda, vamos a comer.

Había unos rollitos de cerdo y otros de langosta, además de un *dip* de alcachofas y unas *crudités* vegetales para mojar. Para acompañar, sidra caliente y un delicioso *kleinur*, un dulce islandés que se parecía a un donut en forma de trenza y con sabor a canela.

–Signy es un genio –comentó cuando ya no podía comer ni un bocado más–. ¿Te encuentras mejor ahora? –preguntó con una risilla juguetona.

Tenía su cintura rodeada con un brazo y la atrajo hacia él.

–No –contestó, mirándola a los ojos–. Pero contigo me siento de maravilla.

Ella también se sentía más despreocupada, más serena, más feliz. Por primera vez desde el rechazo de su padre, no tenía la agobiante sensación de ser inadecuada. Ragnar hacía que se sintiera especial y segura.

Pero no importaban solo sus sentimientos. Eso se lo había enseñado su padre. Ragnar no le había dado motivos para pensar que aquello fuera algo más que un gesto considerado.

–¿Siempre hay tan poca gente aquí? Donde yo vivo, siempre te encuentras a alguien en la playa. Gente que pasea al perro, adolescentes haciendo una hoguera y una fiesta, surfistas…

Tardó un momento en contestar.

–Aquí no hay nadie porque esta playa es privada.

–¿Es tuya?

Él asintió.

–Venía con la propiedad. En esta zona hay multitud de vida salvaje, así que quizás sea lo mejor que no haya hordas de gente yendo y viniendo. Lo cierto es –añadió, mirándola pensativo–, que eres la primera persona a la que traigo aquí. Tú y Sóley sois las primeras personas a las que invito a mi casa.

Ella lo miró sin poder dar crédito. ¿De verdad? ¿Por qué? ¿Y por qué se lo decía precisamente en aquel momento?

Notó en él una tensión que antes no estaba ahí, como si se estuviera preparando para hacer un peligroso salto de trampolín, pero la pregunta estaba ahí, esperando a que se la hiciera.

—¿Por qué no ha habido nadie antes?

—Porque yo no he querido— contestó, mirando más allá—. Venía aquí a escapar.

Claro. Era el lugar en el que se refugiaba para recargar las pilas y definir el objetivo de su negocio. Pero por su tono de voz sabía que no estaba hablando de trabajo, y recordó lo que le había dicho cuando le preguntó sobre su vida allí.

—¿Por eso ibas a casa de Daniel cuando eras pequeño? ¿Porque querías escapar?

Él seguía contemplando el horizonte.

—Casi siempre era así. En mi casa, la vida era difícil. Mis padres discutían mucho, y se divorciaron poco después de aquellas vacaciones.

Tenía la sensación de que nunca había tenido la cabeza tan llena de preguntas.

—¿Qué pasó entonces?

—Que volvieron a casarse, los dos. Varias veces. Tengo cuatro padrastros y tres madrastras, dos hermanas, un hermano y un montón de medio hermanos. Todo muy complicado y muy lleno de drama.

Ya había usado antes esa palabra.

—¿Qué clase de drama?

–Ya sabes… lo que se ve en cualquier telenovela. Celos. Infidelidad. Poder. Orgullo.

Lottie lo miró en silencio. A pesar de sonreír, su voz parecía demasiado serena. No encajaba.

–Pero los quieres.

–Mucho. Pero este lugar… –contempló las rocas y la playa–, ya es bastante dramático de por sí –entonces la miró a la cara–. ¿Tiene sentido lo que digo para ti?

Ella asintió.

En el fondo no lo entendía del todo, pero sí sabía lo difícil que podía ser dar voz a tus pensamientos.

–Sí que lo entiendo.

–Eso esperaba –contestó el, abrazándola–. Y esperaba también que consideraras quedarte aquí con Sóley un poco más.

El corazón le saltó contra las costillas.

–¿Cuánto más?

Sus ojos se vieron de golpe muy azules.

–Me gustaría que consideraras quedarte a pasar aquí la Navidad.

–¿Navidad?

Ragnar malinterpretó el temblor que se percibió en su voz.

–Sé que es mucho pedir, y que seguramente tenías otros planes, pero me gustaría mucho pasarlas… –hizo una pausa–, pasarlas juntos los tres. En familia.

Detrás del latido desbocado del corazón notó el roce de las alas de una mariposa cargada de esperanza, aunque sabía que era ridículo desear algo que nunca iba a poder tener.

–No tienes por qué decidirlo ahora.

En eso tenía razón. Debería pensarlo mejor, pero

es que no tenía sentido porque era lo que ella quería también.

–Me gustaría que nos quedáramos. Me gustaría mucho.

Ragnar le acarició el pelo y empujó suavemente su barbilla.

–No sé dónde nos va a llevar esto, pero no quiero que se termine ya.

–Yo tampoco.

«Ni ahora, ni nunca».

El pulso le latía en las sienes. No le estaba ofreciendo permanencia, ni un futuro más allá de Navidad, pero a su corazón no parecía importarle.

De todos modos, ya se había enamorado de él…

Lo había estado desde un principio, desde aquella primera noche en Londres, pero estaba asustada. Ya había revelado antes sus sentimientos a un hombre, y no iba a volver a hacerlo. No podía arriesgarse a volver a ser rechazada.

Para controlar ese impulso, tiró de él buscando su boca y lo besó apasionadamente, perdiéndose en el calor de su respuesta, dejando que la sincronía de su deseo ahogase la necesidad que sentía de confesarle su amor.

Capítulo 9

Tienes frío?

No habían logrado llegar a la cama, y estaban tumbados sobre una preciosa piel blanca, enredados.

–No –contestó.

El calor de su cuerpo le llegaba nítidamente y la piel resultaba muy cálida y suave, pero…

–La verdad es que iba a preguntarte por pura curiosidad… ¿exactamente qué es esto sobre lo que estoy tumbada?

En el calor de la pasión, la sensación de aquella piel contra su piel desnuda había resultado intensamente erótica.

–Esperaba que no me lo preguntases.

–¿Por qué? ¿Qué es?

–Es falsa.

–¡Venga ya! –contestó, golpeándole en el brazo–. Creía que ibas a decirme que era de oso polar, o de foca o algo así.

–No soy tan bárbaro –respondió Ragnar, rodando sobre ella y sujetándole las manos por encima de la cabeza cuando Lottie hizo un intento falso de zafarse.

–¿Y te atreves a decir eso estando desnudo sobre una piel?

Ragnar sonrió y el latido de su corazón se volvió

errático. No sonreía demasiado, pero cuando lo hacía era tan milagroso y cálido como los primeros rayos de sol en pleno invierno.

—No estoy tumbado en una piel. Estoy tumbado en ti.

—Sí, pero no sé si eso te hace menos bárbaro.

Estaba rozando sus pezones con el pecho y sintió que su cuerpo despertaba.

Mirándola a los ojos, le pasó la lengua por el labio inferior.

—¿En qué piensas?

—Que te deseo —replicó sin pensárselo.

Las pupilas de sus ojos se dilataron y, tirando de ella, se tumbó debajo.

Lottie recorrió con la mirada los contornos musculosos de su pecho y Ragnar desplazó las manos a sus nalgas, empujándola contra él.

—Dame un minuto —dijo entre dientes.

Sus ojos se habían vuelto oscuros y le apretó las manos para recuperar el control. La estaba observando sin pestañear, y su expresión hizo que la desbordara un calor que había empezado a sentir dentro. Empezó a moverse queriendo acallar el dolor insistente que tenía entre los muslos.

Su cuerpo estaba perdiendo los huesos… se estaba derritiendo. Lo besó, frenética, y él lo hizo a su vez con el mismo frenesí, lamiéndole la boca hasta que el deseo la hizo temblar.

—Quiero sentirte dentro de mí… —susurró.

Gimiendo la hizo rodar de nuevo para alcanzar el cajón que había junto a la cama. Con impaciencia, le vio colocarse el preservativo y volvió a besarla impetuosamente, agarrando su pelo, mientras ella buscaba su pene con la mano y empezaba a acariciarlo. Ragnar comenzó a moverse también, su mirada clavada en ella, acariciando sus pechos primero, deslizando una mano después más allá de su vientre hasta encontrar un camino entre sus muslos.

—No… así, no —dijo.

Se liberó de su mano y la hizo rodar para que quedara de espaldas a él, acariciando sus pezones y la humedad de su entrepierna, asegurándose de que estaba preparada para él.

—Sí —gimió Lottie—. Sí…

Con una mano lo guio dentro y comenzó a moverse al mismo ritmo que él y que el latido de su corazón, el calor creciendo dentro de ella como una fiebre hasta que, juntos, alcanzaron el clímax.

Ragnar se separó despacio para no despertar a la mujer que dormía a su lado. Era temprano, demasiado para levantarse, pero tenía la cabeza llena de preguntas sin respuesta.

Lejos del calor de su cuerpo le sería más fácil pensar, o al menos, pensar en lugar de sentir.

Tenía el teléfono en silencio, pero se lo llevó de todos modos, no fueran a despertarle sus vibraciones.

Cerró la puerta con cuidado y avanzó por la casa en la oscuridad. Abajo, en el salón, se acercó para echar un par de troncos a las brasas que aún ardían y se acomodó en el sofá.

Hacía mucho tiempo que no se despertaba tan temprano y con la sensación de no haber dormido. De hecho hacía casi veinte años, desde el día que había ido a casa de Daniel y había encontrado allí un refugio lejos del explosivo matrimonio de sus padres, para los que incluso besarse parecía una colisión y, siendo niño, se despertaba temprano con frecuencia, resonando en su cabeza los encontronazos del día anterior.

Entonces bajaba y se acurrucaba junto a los restos del fuego de la noche. Hacía frío y estaba a oscuras, pero era el único momento del día en el que podía disfrutar del silencio y la soledad que tanto ansiaba.

Y ahora estaba allí, en su propia casa, haciendo exactamente lo mismo.

La pantalla de su móvil se iluminó y lo miró sin pensar.

Era un mensaje de texto de su madre, y había cuatro llamadas perdidas de Marta. No estaba acostumbrada a que no la atendiese, pero no tenía el teléfono conectado por las noches, ahora que estaba con Lottie.

«Ahora que estaba con Lottie». Una frase sencilla, pero ¿qué significaba?

Respiró hondo.

Sabía lo que significaba en aquel momento y hasta Navidad. Significaba que los tres estarían viviendo como una familia, comiendo juntos, jugando en la nieve, y Lottie y él, por la noche, se retirarían a su habitación para disfrutar el uno del cuerpo del otro hasta llegar ambos al clímax.

¿Qué significaría después de Navidad?

Eso era lo que lo había despertado.

En la playa, le había parecido algo perfecto. Por supuesto que quería compartir el primer cumpleaños de Sóley y estar los tres juntos, pero no sabía por qué había utilizado a su hija como excusa.

«¡Sé sincero!»

Ahora tenía una relación con Sóley, un lazo que

duraría más allá de cualquier fecha de caducidad, y no iba a permitir que nada se interpusiera entre ellos, pero ¿y Lottie? ¿Dónde encajaba ella en su vida a largo plazo?

Tomó otro tronco y lo añadió al fuego.

Si se hubiera hecho esa pregunta en cualquier otro momento anterior a la noche en la piscina, su respuesta habría sido «en ningún sitio», excepto como madre de Sóley.

Había mantenido relaciones informales hasta los treinta. Nada serio. Y nunca había querido a nadie para otra cosa que no fuera sexo. Supondría colocarse en una posición demasiado íntima.

Pero quería a Lottie.

En un principio su necesidad de ella había sido solo una urgencia que ninguno podía contener, pero ahora era distinto.

Ahora, después de tan poco tiempo, la sentía como una pieza esencial en su vida y, sin embargo, seguía reculando ante lo que eso significaba.

Contempló el corazón rojo del fuego. Para él, las relaciones eran algo impredecible y muy exigente. Su familia se lo había demostrado una y otra vez. Había tantos riesgos, tantos imponderables ante los que ningún algoritmo podía ofrecer respuesta...

Por otro lado, el hecho de que sus padres y hermanos actuasen como si vivieran en una moderna Asgard apenas había tenido impacto en él, pero Lottie no estaba segura del lugar que ocupaba en el mundo... ¿podía arriesgarse a exponerla al caos de su vida familiar?

No tenía derecho a esperarlo ni a pedírselo. Además, no les había hablado de la existencia de Sóley.

No era fácil hacerlo, y no porque fueran a juzgarle, sino porque querrían participar, y participar, en sus usos, era ser consumido. Tendría que pelear a brazo partido por mantener el control.

Se lo diría pronto, pero a su manera. Con tranquilidad, uno a uno. Pero por ahora quería quedarse a Lottie y a Sóley para sí un poco más.

Recordar a su hija moviéndose despacio hacia él, y el orgullo y la felicidad que había experimentado en aquel momento, le hizo sonreír.

Pero él no era un bebé. No podía dar esos pasos tan pequeños. Era un hombre adulto y tenía que empezar a actuar como tal, porque por primera vez en su vida, estaba más asustado de perder a alguien que de dejar que se le acercaran.

Se tumbó boca arriba y cerró los ojos. Sóley se había echado su siesta, Ragnar estaba encerrado en el despacho y ella se había ido a la piscina y, tras darse un breve baño, se había metido en la sauna, y se estaba quedando medio dormida cuando notó que alguien entraba. Sin abrir los ojos, supo que era Ragnar.

Los abrió y le vio. Llevaba tan solo una toalla alrededor de las caderas, y al contemplar su cuerpo, el sueño desapareció de inmediato y sus terminaciones nerviosas comenzaron a zumbar como una subestación eléctrica.

—Creía que estabas trabajando.

—Y lo estaba —se sentó en el banco junto a ella y la besó en la boca—. He acabado antes de lo que esperaba. Pero es que tenía un incentivo —añadió, mirándola de arriba abajo.

–¡Incentivo! ¿Así es como me ves? ¿Como una zanahoria colgando de una cuerda?

–Pues no es eso lo que me imaginaba, no –contestó, deslizando un dedo dentro de su toalla.

Se acercó y le lamió los labios. Ella gimió arqueando la espalda, buscando.

–¿Tienes un preservativo?

–No –gimió–. Estaba tan desesperado por bajar aquí que no se me ocurrió.

Era halagador saber que le afectaba tanto, pero había una tensión en él, como si estuviera preparándose para decir algo o para escuchar algo.

–Subamos –sugirió.

–No, no quiero subir –contestó, pero no fueron sus palabras sino la tensión que percibió en sus brazos lo que le hizo mirarlo intranquila.

–No quería que sonara así –se disculpó, acariciándola–. Sí que quiero. Lo que pasa es que hay algo que tengo que decirte antes. Me refiero a lo que te dije sobre que Sóley y tú os quedarais a pasar la Navidad. Cuando te lo pedí en la playa, cometí un error…

Lo miró con un nudo en la garganta. El banco que la sujetaba pareció de pronto hecho de papel. Había tenido tiempo de pensar y había cambiado de opinión, claro… pero no iba a permitir que viera la estúpida esperanza que había albergado en el corazón.

–No pasa nada… lo entiendo. Eres un hombre ocupado y ya te has tomado tres semanas de vacaciones.

–No, no es eso lo que quiero decir –respondió, serio–. Te pedí que os quedarais aquí, pero lo que de verdad quería preguntar, lo que debería haberte preguntado era si os vendríais a vivir conmigo cuando volvamos a Inglaterra.

Lottie lo miró atónita.

—No se me dan bien las palabras —continuó—, y ayer no hablé claro, así que me voy a esforzar un poco más. Quiero que te vengas a vivir conmigo, Lottie. Sóley también, por supuesto, pero te lo estoy pidiendo a ti.

Lottie se tapó la boca con una mano. Todo se le estaba yendo de las manos: el aliento, el pulso, los pensamientos. No le estaba diciendo que la amase, pero sí que la deseaba, y no solo por el sexo, sino por sí misma. Y por el momento, eso le bastaba.

—Yo también lo quiero, pero ¿estás seguro?

Acarició su pelo y tiró suavemente de su cabeza.

—Más seguro de lo que lo he estado nunca.

Y la besó en los labios.

A la mañana siguiente se despertaron temprano y se buscaron en la oscuridad, haciendo el amor sin prisa, y volvieron a quedarse dormidos.

Cuando el sol empezó a entrar en la habitación, oyeron a Sóley haciendo gorgoritos en su habitación.

—Yo voy —dijo él cuando Lottie iba a separarse de su cuerpo.

—No, que tú siempre te levantas antes que yo —lo besó suavemente en los labios.

—No es sueño precisamente lo que tengo —musitó, esbozando una sonrisa traviesa.

Pero en aquel instante, se oyó un grito corto e imperioso desde la otra habitación.

Ambos se miraron sonriendo.

—Vale, mejor me voy al gimnasio una hora. O puede que dos.

Lottie dio de desayunar a la niña y mordió un trocito de tostada. Signy se había tomado la mañana libre para ir a visitar a su hermana, así que iba a ser un regalo poder preparar el desayuno para los dos. Sonrió. Preparar el desayuno, un regalo… cómo había cambiado su vida en aquellas últimas semanas.

Tomó a la niña en brazos y vio que tenía las manos sucias.

–¿Cómo te has manchado tanto? –suspiró–. Anda, vamos a limpiarte.

No habían subido la mitad de la escalera cuando oyó un coche que llegaba.

Debía ser Signy. Pero ella entraría con su llave, y no llamaría frenéticamente a la puerta primero para, a continuación, presionar con insistencia el timbre.

Se quedó mirando la puerta sin saber qué hacer.

Ragnar no había dicho nada sobre visitas, y la casa estaba tan aislada que no podía ser alguien que quisiera pedir indicaciones. Sería otra entrega de documentos para él.

Miró la pantalla de vídeo que mostraba la entrada y se quedó paralizada. Nada de mensajería. Delante de la cámara había una mujer joven y muy guapa, con un cabello casi blanco de puro rubio, vaqueros rotos y una especie de abrigo de astracán.

Una joven que no dejaba de llorar.

Con el corazón en la garganta, tecleó el código de seguridad y abrió la puerta.

–¡Ay, gracias a Dios! Creí que no había nadie.

Entró en tromba sin una palabra de explicación ni un saludo y, sin mediar palabra, sacó el móvil y comenzó a teclear frenéticamente sin dejar de llorar.

–Pase eso –dijo por encima del hombro.

Lottie vio a un taxista con cara de sentirse incómodo que cargaba con una maleta de una conocida marca.

–Ah, tienes que pagarle. Hablas inglés, ¿verdad?

Aún demasiado aturdida para hablar, Lottie asintió, pagó al taxista y se dio la vuelta. La joven había dejado de escribir, pero seguía llorando, y aunque tenía la máscara de pestañas corrida y los ojos hinchados, seguía siendo extraordinariamente guapa.

¿Quién era? Apenas se había formulado la pregunta cuando vio sus impresionantes ojos azules y supo la respuesta.

–Eres Marta.

–Sí –contestó ella, frunciendo el ceño y con cierto desdén, como si su identidad debiera conocerla hasta el último de los mortales–. ¿Está Ragnar?

–Sí, en el gimnasio.

–Debe estar en modo vacaciones –respondió, y miró fijamente a Lottie, como si la viera por primera vez–. Me sorprende que te deje traer a un bebé a trabajar.

–Es que no trabajo para él –dijo–. Soy Lottie, Lottie Dawson. Y ella es Sóley.

–¿Quién?

–Lottie…

La voz le había temblado un poco, pero había algo enervante en la mirada fría y despectiva de Marta, tan parecida y tan distinta al mismo tiempo a la de su hermano. Y más enervante aún darse cuenta de que la hermana de Ragnar no tenía ni idea de quién era ella, y mucho menos de lo que significaba para él.

La felicidad y la seguridad de antes se desmoronaron y abrazó más fuerte a su hija para no caer por el precipicio que parecía abrirse delante de sus pies.

¿Qué podía decir? Aunque tuviera las palabras correctas, la idea de pronunciarlas en voz alta le daba demasiado miedo. ¿Cómo revelar lo que obviamente Ragnar había querido guardar en secreto? ¿Y por qué le ocultaría la existencia de su hija a su hermana? ¿Solo a ella, o a toda su familia?

–Marta…

Lottie se volvió. Ragnar bajaba la escalera. Obviamente se había vestido a toda prisa. Aún tenía el pelo mojado y la camisa se le pegaba al torso, donde la piel todavía estaba mojada.

–¿Qué haces aquí?

Marta se echó de nuevo a llorar y corrió a sus brazos, y Lottie se sintió como una intrusa.

–Os dejo para que podáis hablar –dijo, y se obligó a subir la escalera.

Durante dos horas intentó distraerse de lo que estaba ocurriendo abajo. Ayudó que Sóley quisiera estar todo el rato en brazos y demandara toda su atención. Seguramente las lágrimas de Marta la habían afectado, pero afortunadamente era demasiado pequeña para comprender el engaño por omisión de su padre.

Se estremeció. Tenía un pedazo de hielo en el estómago y sentía el frío extenderse por todo su cuerpo. ¿Por qué no le había hablado a su hermana de la niña? No tenía sentido. Habían hablado montones de veces. ¿Por qué no la había mencionado?

Quizás no se lo había dicho estando tan angustiada. O puede que se lo estuviera contando uno a uno. Eran muchos.

Miró hacia abajo. Sóley se había dormido. Y de pronto, sintió la presencia de Ragnar en la puerta. Parecía cansado y la miraba a los ojos. De inmediato olvidó sus temores, se acercó a él y lo abrazó. Sintió que respiraba hondo y el hielo de ella comenzó a derretirse.

—¿La acuesto? —se ofreció.

Lottie asintió y él la dejó cuidadosamente en la cuna.

—Vamos abajo —dijo en voz baja.

El salón estaba vacío y la cocina, también.

Llenó dos vasos de agua y le ofreció uno.

—¿Marta está bien?

—Lo estará.

—Le sentaría bien comer algo. Puedo prepararle algo de comer.

—No es necesario.

—No me importa, de verdad…

—No. No tienes que hacerlo porque no está aquí.

—¿Ah, no? ¿Dónde ha ido?

—A Reikiavik. A un hotel.

—Pero estaba muy afectaba. No debería estar sola. Tendrías que ir a buscarla.

—Sería absurdo porque he sido yo el que le ha dicho que se vaya.

—¿Le has dicho que se vaya? —repitió sin entender nada—. ¿Por qué?

—Esta es mi casa, y tengo reglas. Y Marta no las ha respetado. Sabe que aquí no se puede quedar nadie.

—Pero ella no es «nadie». Es tu familia.

—Lo sé, y es precisamente a mi familia a quien no permito venir aquí. Este es un lugar de tranquilidad y orden. No quiero sus dramas bajo este techo.

Reglas. Drama. ¿De qué narices estaba hablando?

—Pero los quieres, ¿no?

—Claro. Y se lo demuestro de muchas maneras durante todas las horas del día; y lo único que ellos tienen que hacer a cambio es respetar mis normas. Una de las primeras es que no se puede uno presentar sin avisar.

Parecía estar explicando una ley de la naturaleza, como la gravedad, y no hablando de su familia.

–Pero el amor no tiene reglas –contestó despacio.

–Seguramente esa es la razón de que tanta gente sea infeliz.

Sintió un escalofrío al mirarlo a los ojos.

–Quiero a mi familia, pero ni puedo ni quiero vivir con ellos. Lo mantengo todo en compartimentos estancos y así es como funciona. Así vivo yo.

El dolor del pecho se estaba extendiendo como una tormenta.

–¿Es esa la razón de que no le hayas hablado a Marta de Sóley ni de mí?

Vio la verdad en sus ojos antes de que se la dijera con palabras, y le dolió tanto que tuvo que apretar los dientes.

–Sí.

–¿No se lo has dicho a nadie de tu familia?

Aquella vez, negó con la cabeza y ella respiró hondo.

Había vuelto a ocurrir, exactamente igual que con su padre. Se habían conocido demasiado tarde. Ragnar, el hombre al que amaba, el hombre que quería desesperadamente que la amase, era una persona que no podía ser lo que ella quería, ni darle lo que necesitaba, pero había estado demasiado ocupada creando imágenes hermosas en su cabeza que no había visto nada.

–¿Y si te dijera que te quiero? –preguntó en voz baja–. ¿Cambiaría algo las cosas?

Él negó con la cabeza y ella estuvo a punto de perder el sentido.

—Quiero irme a casa. Quiero volver a Inglaterra… ahora.

Ragnar miró hacia otro lado y hubo un largo y tenso silencio.

—Entonces, voy a hablar con Ivar. Te dejo para que puedas hacer el equipaje.

Y sin mirarla a los ojos, dio media vuelta y salió.

Capítulo 10

DE PIE junto al fuego, en el centro de la estancia, Ragnar respiró hondo. Estaba en su casa y, sin embargo, se sentía a la deriva, desconectado y desorientado.

No sabría decir qué era más increíble: que Sóley y Lottie se hubieran marchado, o que él se hubiera quedado sin hacer nada, viéndolas ir.

Sintió un escalofrío. La casa estaba muy tranquila. No, no solo tranquila. Silenciosa. El silencio del reproche y el arrepentimiento.

Miraba a su alrededor cuando vio asomar, de debajo de un cojín, algo cuadrado y amarillo. Sintió que el corazón se le subía a la boca.

Era el cuaderno de dibujo de Lottie.

Lo sacó y fue pasando sus páginas.

¿Qué había hecho? O mejor, ¿qué había dejado de hacer? ¿Por qué no había impedido que se marchara? ¿Por qué se había quedado de brazos cruzados mientras ella hacía el equipaje?

No tenía sentido. Acababa de pedirle que se fuera a vivir con él y ella había accedido, y por primera vez en su vida había pensado que el futuro le ofrecía otra cosa que no fueran vidas vividas separadamente, con fronteras nítidamente trazadas. Por primera vez, tenía ante sí una puesta de sol, rosa y dorada, con Lottie y su hija.

Y luego había aparecido Marta, destrozando la tranquilidad y el orden, dejando tras de sí copos de nieve, maletas y desorden, y aquella puesta de sol se había oscurecido por su necesidad de actuar rápidamente y con determinación.

Había intentado explicárselo, pero Lottie no lo había entendido, sino que había seguido presionando y presionando hasta que… hasta que le había dicho que lo quería.

Aún podía ver su cara, la expresión de sorpresa y dolor cuando le había dicho, más o menos, que su amor no cambiaba nada porque la aparición de Marta le había recordado con toda precisión lo que ocurriría si permitía que las cuadrículas separadas de su vida se solapasen.

Ver el dolor de Lottie le había afectado y mucho, pero no lo suficiente para bloquear el terror, así que cuando ella había decidido que quería marcharse, se había dicho a sí mismo que era lo mejor.

Pero no lo era.

Era el error más grande que había cometido en su vida.

Los días que siguieron a su marcha le resultaron interminables. El tiempo no era el gran sanador del que hablaba la gente. Estar solo en la casa, en la cama, era como presionar sobre una herida abierta, y tras un día más de agónica soledad, fue a los establos y sacó a Camille al patio.

Montó ciego, sin ver nada, sin preocuparse por

nada, intentando interponer cuanta más distancia pudiera entre su casa, ahogada en silencio, y él, pero cuando llegaron a lo alto de una colina, Camille aminoró la marcha y él, apoyándose en la silla, contempló las cascadas y los ojos se le nublaron… y no por el viento gélido y el cielo amenazador. Cualquiera en su sano juicio estaría en casa tumbado en el sofá delante de la chimenea. Pero él no se sentía ni racional, ni juicioso, ni feliz.

Era ridículo e ilógico actuar así.

Signy lo pensaba.

Y Camille, seguramente, también.

La casa que antes fuera su santuario, antes incluso de que su empresa cosechara el gran éxito que había alcanzado, ya no lo era. Había pasado a ser recordatorio de su estupidez y su cobardía.

Echaba de menos a Lottie y a Sóley.

Sin ellas, su vida carecía de sentido y de valor.

Pero ella se merecía un hombre mejor que él.

«Pues sé ese hombre», se dijo. «Sé el hombre que ella necesita. Búscala y lucha por ella».

Y con Camille lanzada cuesta abajo, fue en busca del único futuro que deseaba.

Lottie miró hacia el cielo de Suffolk y un copo de nieve le cayó en la cara. Estaba de pie en el jardín trasero de su casa, supuestamente intentando decidir dónde colocar el columpio de Sóley. Toda la semana había estado amenazando con nevar, y había tenido que elegir precisamente aquel día, el del cumpleaños de su hija, el que el cielo escogiera para cumplir lo prometido.

Como si no recordara bastante a Ragnar Stone a diario.

Las tiendas estaban llenas de mantas de piel y cojines de Navidad, y cuando Lucas por fin había conseguido arrastrarla al pub una noche, había visto a un hombre rubio agachado delante de un fuego y, sin hacer caso de sus protestas, había dado media vuelta.

Pero ni una palabra en tres semanas.

Ni una llamada. Ni un mensaje.

Tragó saliva.

Ni siquiera una felicitación para su hija.

Aún no podía aceptar que estuviera actuando así, que castigara a Sóley por lo que había ocurrido entre ellos. Le parecía tan mezquino y cruel, tan impropio de Ragnar… o quizás no.

La expresión fría y cínica que adoptó cuando le dijo que lo quería le hizo estremecerse. Había sido una tonta. Después de oírlo hablar de su familia y de echar a su propia hermana, atreverse a decírselo… pero es que, inocentemente, había pensado que sus palabras iban a significar algo para él, que le importarían… que ella le importaría.

Pero no había sido así, y allí estaba, de vuelta en Suffolk, preguntándose cómo se le había ocurrido pensar que iba a importarle.

Qué egoísta había sido. Por su culpa, su dulce niña no iba a tener un padre en su vida.

–Lottie…

Respiró hondo y se tragó las lágrimas. Era Lucas, y si algo positivo había salido de todo aquello, era que se había dado cuenta de lo unidos que estaban Lucas, Izzy y ella. Desde que había vuelto, hecha un mar de

lágrimas, habían sido increíbles. Como el que sobre-
vive el hundimiento de un barco, los primeros días
solo había sido capaz de aferrarse a los restos del nau-
fragio. Después, se había sentido verdaderamente en-
ferma, paralizada por los calambres, inmovilizada por
el peso asfixiante del fracaso y la desilusión.

Y todo ese tiempo, a pesar de todo, echando de
menos a Ragnar. Las noches eran malas, pero despertarse era lo peor, porque cada mañana tenía que enfrentarse al dolor y a la soledad, y fue su familia quien
la sacó de la cama y quien la vistió, y era afortunada
por tenerlos, así que compuso una sonrisa y se volvió.

Lucas suspiró.

—¡Vamos, Lottie! Me lo habías prometido. Hoy no
ibas a llorar.

—No estoy llorando. En serio. Es el frío.

—¿Has decidido dónde quieres ponerlo?

Había perdido el hilo.

—¿El qué?

—¡El columpio! Yo dije que lo pondría junto al
huerto y tú dijiste que no lo querías ahí…

Sin avisar volvieron las lágrimas.

—Lo siento. Se me había olvidado.

—No, yo lo siento —contestó Lucas, abrazándola—.
Es que estoy de mal humor, pero no debería haberlo
pagado contigo.

Ella respiró hondo el olor familiar de su hermano.

—No lo has hecho. Estás siendo genial, ¿sabes?

—Quiero matarlo —respondió él—. Por cómo te ha
tratado a ti y a la niña.

—Pues no lo hagas, que te necesitamos aquí, y no
en la cárcel.

Lucas sonrió.

–¿Es esta tu forma de decirme que ya sabes dónde quieres el columpio?

Necesitaron una hora para montarlo y colocarlo, y a pesar de los numerosos contratiempos, le resultó extrañamente relajante. Las pésimas instrucciones le obligaron a olvidarse de Ragnar y a concentrarse en el montaje. Era precioso. Estaba hecho de madera y tenía dos asientos: uno para el bebé, y otro para un adulto.

Lucas lo zarandeó a conciencia.

–¡Fíjate! Sólido como una roca.

–¡Bien hecho, tesoro! –Izzy había aparecido en la puerta con Sóley en los brazos–. Está genial. ¿Lo probamos?

Pero al intentar sentar a la niña en su asiento, la pequeña comenzó a hacer pucheros.

–Trae, déjame a mí, mamá.

–Mira lo que ha hecho el tío Lucas. ¿A que es listo?

La niña se relajó al oír su voz, pero cuando intentó acomodarla en el asiento, Sóley se agarró a su cuello y no quiso soltarla.

–Lo siento, Lucas –le dijo a su hermano, que era la viva imagen de la desilusión.

Desde que habían vuelto a casa, Sóley había dejado de ser la niñita complaciente que había sido siempre. Quería estar todo el rato en brazos, y se despertaba varias veces por la noche. Resultaba tentador achacarlo a su edad, o a los dientes, incluso al cambio de rutina, pero sabía que su hija echaba tanto de menos a Ragnar como ella misma, lo cual acrecentaba su sentimiento de culpa.

–Te pondrás bien, ya lo verás –dijo su madre, besándola en la mejilla–. Eres más fuerte de lo que tú te crees. Sobrevivirás. Y Sóley también se recuperará. Los niños son muy resistentes.

–Es que yo no quiero que tenga que ser resistente –protestó.

–Lo sé, cariño –contestó con una sonrisa–, pero la naturaleza es la que hace esas cosas. Hay que ser duro para sobrevivir. Fíjate en todo lo que Lucas y tú pasasteis. Sin figura paterna, sin padre en realidad, y todas las casas y colegios por los que pasamos. ¡Siempre con aquella ropa horrible!

Su madre la miraba a los ojos y, en aquel momento, la serenidad de su voz le hizo pensar que se había centrado demasiado en sus diferencias en lugar de considerar lo parecidas que eran.

–No fue tan malo –le dijo.

Lucas sonrió.

–Sí que lo fue. ¡Sobre todo lo de la ropa!

Lottie sonrió.

–Pero, pasara lo que pasase, siempre estabas ahí, mamá. Y fuimos afortunados por tenerte –¿por qué no se lo habría dicho antes?–. Soy afortunada por tenerte, entonces y ahora.

–Yo también –intervino Lucas, con los ojos brillantes–. Pero ni se te ocurra pensar que tanta demostración de amor te da derecho a ponerte uno de tus horribles caftanes para la fiesta.

Izzy y Lottie se echaron a reír.

–Está bien, cariño –dijo Izzy–. Me voy a llevar a mi nieta a mi casa para que pueda echarse una siestecita. No –paró las protestas de Lottie mientras tomaba en brazos a la niña–. Ella necesita una siesta y tú un rato sola para que hagas las paces contigo misma. Vamos, Lucas.

Cuando se marcharon, Lottie se montó en el columpio. Volvía a nevar, pero no hacía demasiado frío, y se estaba bien allí sentada, arrastrando los pies en la tierra.

Ya no tenía las emociones descontroladas. Se sentía triste, pero ya no era esa angustia de los primeros días, aquella sensación de vacío de la que no lograba desprenderse. Pero su madre tenía razón: era fuerte, e iba a sobrevivir.

Y porque era fuerte iba a dejar a un lado su tristeza aquella tarde por el bien de su familia, y de su hija en particular.

Del otro lado del seto le llegó el ruido de un coche en la calle. A su madre debía habérsele olvidado algo importante, y había enviado a Lucas a buscarlo. Mientras se mecía en el columpio, oyó cómo se paraba el coche delante de su casa y el ruido de unos pasos en el camino. A continuación, el clic de la cancela del jardín. Sí, Lucas. Su madre no era capaz de abrirla con tanta facilidad.

–¿Qué se te ha olvidado? –preguntó–. Apuesto a que ha sido tu teléfono o el bolso de mamá.

–No he olvidado nada. Más bien, lo he dejado marchar.

Se volvió a mirar y el corazón se le quedó de piedra. Ragnar estaba al borde del camino, mirándola, y el dolor de verlo hizo que la cabeza comenzara a darle vueltas.

–¿Qué haces aquí?

Su voz sonó pequeña y desconocida en el silencio.

–He venido a hablar contigo.

La garganta se le cerró. Hablaba como si pasara por allí a verla todos los días, cuando no había sabido nada de él durante semanas. Dos semanas y seis días, para ser exactos.

–Por si se te ha olvidado, hoy es el cumpleaños de nuestra hija, así que no tengo tiempo de charlar.

Ragnar no se movió.

–Sé que es su cumpleaños y quiero verla, pero antes tengo que decirte algo.

–No quiero escuchar nada de lo que puedas tener que decir –contestó, y se levantó bruscamente–. ¿De verdad piensas que puedes presentarte así, sin más, a su cumpleaños? Han pasado casi tres semanas.

–Lo sé, y no me siento orgulloso de ello.

–Ni yo tampoco.

Él contuvo el aliento como si le hubiera abofeteado.

–Tienes todo el derecho del mundo de estar enfadada conmigo.

¿Enfadada? ¡Enfadada!

–¿Crees que estoy enfadada? No, Ragnar. Estoy dolida –declaró, cruzándose de brazos, decidida a no llorar.

Pero cuando él dio un paso, sintió que los ojos se le llenaban de lágrimas.

–Lo siento –dijo con dulzura, y eso fue lo que más le dolió, porque era lo que más echaba de menos–. Lo siento. No pretendía hacerte daño. Nunca querría hacerte daño.

–Pues me lo estás haciendo en este momento. No tenías derecho a venir aquí. Estaba empezando a encontrarme mejor.

–Tenía que venir. Tenía que venir y verte.

–Ya lo has hecho, así que, vete.

No se movió, y los copos de nieve comenzaron a depositarse en sus hombros.

–Ragnar, por favor… –su voz sonó cargada de dolor y se tapó la boca con las manos, pero él se le acercó y la abrazó–. ¡Vete! –espetó, zafándose.

–¡Dame una oportunidad, por favor!

–¿Una oportunidad para qué? ¿Para tirar mi amor a la basura? Es demasiado tarde.

–Te quiero.

–No. ¡No entiendes lo que te estoy diciendo! Eso no está permitido.

–Creía que el amor no tenía reglas.

Su voz sonó cargada de tensión y, teniéndolo así de cerca, vio que bajo sus ojos había sombras oscuras y que había perdido peso.

Pero se negó a reconocer que también podía estar sufriendo.

–Tú no me quieres. Y sobre todo, yo no te quiero a ti. Ya no.

–No te creo –contestó, mirándola a los ojos–. Tú sí que me quieres, Lottie, y ahora sé que yo a ti, también.

–¿Crees que con eso basta? Dos palabras, y arreglado. Pues yo tengo otras dos para ti: separa y aísla.

–Pero yo no quiero estar separado de ti –tomó su mano, y el fuego de su voz le impidió a Lottie soltarse–. No puedo estarlo. Creí que podría, que eso era lo que quería o lo que necesitaba. Pero te necesito a ti.

–Entonces, ¿por qué me dejaste marchar?

–Porque fui un estúpido y estaba asustado.

–¿De qué?

–De sentir. De lo que tú me hacías sentir.

Lottie contuvo el aliento.

–Mi familia lo siente todo con la máxima intensidad, y cuando yo era pequeño, me asustaba convivir con emociones tan intensas. Y cuando conocí a Daniel aquel verano, me di cuenta de que había otros modos de vivir. Lo único que tenía que hacer era dar un paso atrás y mantener la distancia –respiró hondo–. No debería haber permitido que te fueras. Me dolió mucho, pero me decía que lo estaba haciendo porque era lo mejor. Que yo no podía ser el hombre que tú necesitabas, y que acabaría haciéndote daño.

Recordó entonces su tensión al descubrir a Marta en su casa, y pensó que el corazón le iba a estallar. Así que había sido el miedo lo que le había empujado a meter a su hermana en un taxi. Miedo, y no indiferencia, lo que le había impedido revelarle qué guardaba en su corazón.

–¿Y qué ha cambiado?

–Yo. Me he dado cuenta de que no tengo elección –confesó, tembloroso–. No puedo vivir sin Sóley y sin ti. ¡Me estoy volviendo loco!

Estaba desnudando su corazón, diciéndole las palabras que tanto había anhelado escuchar y que temía albergar la esperanza de oír, de que pudieran ser ciertas.

Tomó sus manos y las apretó.

–No creía que pudiera ocurrirme a mí. No pensé que pudiera enamorarme. Y de pronto lo sentí con tanta fuerza que me asusté, porque pensé que no iba a ser capaz de darte el amor que te mereces. Cuando los de mi familia se enamoran, se vuelven locos, y no quería ser como ellos, hasta que me di cuenta de que me había obsesionado tanto con no ser como ellos que había dejado de ver qué cosas teníamos en común, como por ejemplo lo valientes, generosos y entregados que son.

–Sé lo que quieres decir –contestó–. Yo hacía lo mismo con mi madre y con Lucas. Le daba demasiada importancia a nuestras diferencias.

Él la miró angustiado.

–¿Es verdad que no me quieres?

–Querría que lo fuera, pero no puedo.

Ragnar le rodeó la cintura y la besó.

–Te quiero –musitó.

–Y yo a ti.

–¿Lo suficiente como para ser mi esposa? –preguntó, mirándola a los ojos.

Lottie sintió que el corazón se le inflamaba. Le estaba ofreciendo un anillo con un zafiro tan azul y claro como sus ojos.

–Deja que lo diga de otra manera: ¿quieres casarte conmigo, Lottie Dawson?

Asentir, sonreír y llorar fue todo uno en ella.

–Eso es un sí, ¿verdad?

Volvió a asentir.

Ragnar le colocó el anillo en el dedo y la abrazó.

–¿Y qué va a pasar ahora? –preguntó Lottie, y él sonrió.

–Esto…

Y la besó en los labios.

Epílogo

Seis meses más tarde…

Lottie estaba mirando por la ventana y se mordió un labio. ¿Por qué tardaban tanto? Tenían que estar a punto de llegar.

Pero el escenario que se sacudía por el rotor del helicóptero no ayudaba, porque no se parecía en nada a la última vez que lo había visto, hacía poco más de seis meses. Entonces estaba cubierto de nieve, pero ahora era un patchwork de colores y texturas, un poco como su proyecto artístico de sexto curso. La idea le hizo sonreír.

—¿Qué te hace gracia? —le preguntó Lucas.

—Nada. Es que me estaba acordando de un proyecto de arte que hice en el colegio.

—Ah… Habrás desayunado, ¿verdad?

—Claro. Muesli, yogur y fruta. Bueno, ¿qué te parece?

Era la primera visita de Lucas a Islandia, y se moría por conocer su opinión. Quería saber si estaba sintiendo lo mismo que ella al encontrarse en aquel increíble país que ahora era su segundo hogar.

—¿Tu desayuno? —bromeó—. Ah, que te refieres a esto… —respiró hondo—. ¿Qué puedo decir? ¡Fíjate! —exclamó, señalando un campo verde rabioso que sobrevolaban en aquel momento—. Ahora entiendo por qué te gusta tanto.

Ella sonrió.

–Es precioso, tan salvaje y remoto…

–¿Hablas de Islandia, o de Ragnar? –se burló.

Recordó el momento en que habían entrado juntos en el jardín de su madre, después de que le pidiera matrimonio. A Lucas no le había gustado ni un pelo, pero ver cómo su sobrina se entusiasmaba y le echaba los brazos al cuello nada más verlo, hizo que su desa-probación se limitara a cierta rigidez y a un ceño feroz.

Al día siguiente se habían ido a dar una vuelta jun-tos, ignorando sus protestas, y al volver eran ya casi hermanos.

–Sí, bueno, podía ser peor. No lo invitaría a unirse al grupo, pero es hábil con el taco de billar.

Lottie lo miró sorprendida y él suspiró.

–Vale, me cae bien. Sabe muchas cosas pero no se da aires, y es generoso sin presumir de ello. ¡Y sus hermanas están tremendas! –sonrió–. Pero me gusta sobre todo porque veo lo mucho que te quiere, y sé que te hace feliz.

–Es cierto…

Ragnar se había esforzado aquellos últimos seis meses para darle un vuelco a su vida. Había empe-zado presentándoles a Sóley y a ella a su familia, pero no se había quedado ahí, sino que uno a uno les había ido explicando cómo se sentía cuando era un niño, y después siendo ya un hombre. Había sido muy difícil para él, pero estaba decidido a enfrentarse a sus mie-dos para poder tener un futuro.

Para ella había sido algo surrealista, además de temible. Un poco como su propia familia. Y las ha-bían acogido con los brazos abiertos.

–Ya hemos llegado –dijo cuando notó que el heli-cóptero empezaba a aminorar.

El corazón le dio un brinco cuando aterrizaron. Su hermano abrió la puerta y le ofreció la mano para bajar.

—Anda, vamos a buscar a tu hombre —dijo, colgándose su mano del brazo.

Su hombre. Su Ragnar. El pecho se le contrajo, y aferrándose a su hermano para controlar el temblor, echaron a andar hacia la playa, en busca del hombre al que amaba sin límites.

El hombre con el que se iba a casar aquel día.

—Ya ha llegado.

Ragnar levantó la mirada y el nudo que tenía en el estómago se deshizo. Detrás de él estaba Rob, su padrino y hermano, que le dio un apretón en el hombro.

—¿Voy a por las damas de honor?

Ragnar se volvió a mirar hacia donde Sóley estaba, de la mano de su hermana Marta, corriendo delante de Gunnar, su hermano, sobre la arena negra de la playa.

—No, déjalas. Se lo están pasando bien.

Era cierto. Toda la familia se estaba divirtiendo. No había discusiones, ni lágrimas, ni enfados. Sintió que el corazón se le encogía. Se estaban esforzando porque lo querían, y él los quería como siempre, pero ahora le resultaba mucho más fácil amar y ser amado.

Y eso se lo debía a la mujer que avanzaba sobre la arena hacia él.

Lo había hecho más fuerte, y más amable. Sóley y ella habían logrado que amar fuese tan sencillo y natural para él como respirar, hasta el punto de que se preguntaba cómo había podido vivir tanto tiempo como lo hacía antes.

Había dejado de mantener a una vara de distancia

a las personas a las que amaba y, curiosamente, ahora que podían ir y venir a su antojo, su familia parecía diferente, menos intensa, menos exigente.

Más divertida.

Sintió el calor del sol en la piel. También tenía pasión. Y ternura. Pero por encima de todo tenía un amor que era tan cálido, brillante e imperecedero como el sol del solsticio… y por eso había querido que su boda se celebrara el día del solsticio de verano. No porque fuese un día de celebración para los islandeses, que era lo que Lottie había pensado en un primer momento, sino porque le gustaba la idea de que el sol no se pusiera nunca en el día de su boda.

Lottie se detuvo delante de él, aún del brazo de su hermano. Estaba preciosa. Su vestido blanco, ajustado al cuerpo y con varias capas de tul en la falda, resultaba perfecto contra el negro de la arena. Llevaba un ramo de flores silvestres que Marta y Sóley habían recogido de los campos que rodeaban la casa, y el pelo suelto, pero sujeto en la nuca.

Nunca la había encontrado tan hermosa y, al mirarla a los ojos, sintió que el pecho se le contraía porque le brillaban los ojos de emoción, una emoción que a él le llenaba el corazón. Una felicidad como no había otra, y una gratitud porque la vida les hubiera dejado encontrarse, no solo una vez, sino tres. Una estadística que no podía sustentarse en la lógica y que encarnaba la más hermosa, desordenada y confusa matemática del amor.